# 少女

アンヌ・ヴィアゼムスキー

國分俊宏 訳

白水社

# 少女

アントワーヌ・ガリマールに

装幀　仁木順平
装画　會本久美子

# 二〇〇四年二月十七日

目の前に彼女が座っている。集中して、注意深く、私の質問への答えを探している。小さな背丈、ガウンの中にすっぽりと包まれた体の細さ、それと真剣な顔の表情のせいで、ちょっとした病気でしばらく部屋に閉じ込められた子どもみたいに見える。笑うと、透き通るように薄い、青白い皮膚にしわができる。独特の声は、幾分ためらいがちだけれど、昔のまま変わっていない。テレーズの声。一九四三年、パリで撮影されたロベール・ブレッソンの長編第一作「罪の天使たち」の、あの衝撃的な犯罪者の声。この監督がどんな人だったのか、それを、いま彼女は私に語ろうとしてくれているのだ。この女性の名は、ジャニー・オルト。

時折、彼女は口をつぐむ。けれどもその沈黙は、空虚ではない。何かしら言いようのないもので満たされている。たぶん彼女にとって大切な、これまでの人生のほかの断片によって満たされているのだ。私も一緒に口をつぐむ。自分の呼吸を相手の呼吸にぴったりと合わせて。私たち二人がここにいることを彼女が思い出してくれるのを、そして話し始めた物語をまた続けてくれるのを、ただ待っている。すると彼女は、何事もなかったように、ごく自然に話に戻る。「あのひとは騎士《ナイト》みたいだったわ」。きっかけとなる質問を向けたり、言葉を挙げてみたりして、彼女が思い出すのを助ける。「あのひとは何も言わないのよ。何も。ただ気に入るまで何回も繰り返させるの。それで気に入ると、カット。冷たくて、厳しい人だった。とても誠実で、とても真剣で」。「時々、あのひとがやり直しをさせることがあったわ。みんなどうしてだかわからないの。でも正しいのはあのひとなのよ」。「自分が思っているように演じるでしょう。そうするとあのひとは言うのよ。もっとドライに、もっとドライにって……」。「あのひとは、人を圧倒して心をつかんでしまうのがとても上手だった。私たちは、自分がもう自分のものじゃなくなってしまうの。あのひとを信頼してはいても、それでもやっぱりいい気分じゃなくなるでしょ。そうすると黙り込んだりムスッとしてしまって、ああ、そう、あのひとが私たちを呼んでるのね、なんて……。どうして〝あのひと〟なんて言ってるのかしらね。つまりブレッソンが私たちを呼んでるわけ！」

不意に一つの質問が、私がここに来た理由とはなんの関係もない一つの質問が、ふと頭に浮かぶ。「彼はあなたに恋していましたか?」私はそれを口に出したりはしない。それどころかすぐに忘れてしまうだろう。

けれども、その同じ質問を、数ヶ月後の二〇〇四年七月三十一日、結局私は口にすることになる。その日、私は「罪の天使たち」のもう一人の素晴らしい女優、ルネ・フォールの話を聞こうと、サン＝トーバン＝スュル＝メールにやってきていたのだった。面食らったような一瞬の沈黙のあと、彼女は芝居じみた大笑いをあげた。「彼が？　私に恋をしていたかですって？　そんなことありっこないじゃない！……」。私がなお食い下がると、彼女はまた笑い出した。「ねえ、あなたって本当にすっごくおかしな人ね。わざわざ七月の三十一日に、あんな古い映画の話を聞くためにはるばる何十キロもやってきたかと思うと、挙句の果てに、あのひとが私に恋していたか、だなんて……。言っておくけれど、あのひとは私に恋なんかしていなかったし、私の方だってしていなかったわ。どこからそんなバカなことを思いついたの？」

彼女がまじめにそう言っているのは間違いなかった。

なんて不思議なことだろう。

# 一九六五年　春

フロランスは私の前を走っている。振り向いて、遅れないで、と私に声をかける。

「あのひとが待ってるんだから。あのひとが待ってるんだから」

彼女の足取りは正確で、規則的だ。この美しい二十三歳の大学生がこんなふうにまるで運動選手のように走れるなんて、想像もしなかった。

サン＝ミッシェル駅の通路を曲がったところで、私は彼女を見失い、立ち止まる。どうしていいかわからず、ばかみたいに。すでに三度目の乗り換えで、パリのメトロにうとい私には、この地下のパリ横断はとんでもない大仕事としか思えない。どうして彼女についていくのを承知したのだろう。どうして彼女の甘い言葉を信じたのだろう。私と彼女には何の共通点もないのに。フロランスに比べれば、私は内気で不器用な小娘でしかないのに。でもそんな私の運命を、彼女は変えてみせると言うのだ。

私の運命を変える。それこそが今、起ころうとしていることだった。たとえ私には信じられなくとも。もっとも、私に決心させるために、彼女はそんな仰々しい言い方は使わなかった。そもそも彼女にとって、私のおじの美しい友人であるフロランスにとって、これは遊びなのだ。まずは私を相手に、そしてたぶん彼、これから私たちが会う約束をしている、彼女が情熱をこめて語る男性を相手に、戯れているのだ。彼女なら世界全体を相手に戯れることだってできるだろう。私の目に映る彼女は、それぐらい知的で大胆な女性だった。彼女は私の憧れだった。

「どうしたの？　遅れるわよ。あのひとを待たせちゃうじゃない」

フロランスが戻って私を見つけてくれた。まるで保護者のように私の手首をつかみ引っぱっていく。その手で私をしっかりとにぎりしめてくれている。もう彼女から離れる心配はない。

サン＝ルイ島のアパルトマンで、ドアを開けて私たちを迎えてくれたその男の人は、背が高く、年をとっていて、さりげない上品さをたたえていた。ベージュのズボンをはき、明るいシャツに青味がかったグレーのカシミヤのセーターを着ている。美しい白髪と日焼けした肌、そして心地よいその声は「シュ」や「ジュ」を「ス」「ズ」と舌足らずに発音する癖がある。まだ肌寒い季節にもかかわらず、スリッパの中の足ははだしだ。

私たちを居間に座らせてから、彼はフロランスとしゃべりはじめる。まるで質問と答えがぶつかり合って一つになっているような、ほれぼれとする会話だ。私はひとり離れて、その人の存在と、その周りに漂う沈黙に注意を向けている。どうしてフロランスについてくる気になったんだろうという疑問は、もう頭から消えている。彼らのそばにいるだけで、いい気持ちになってくる。二人の話を聞いているだけで十分だ。話している内容はわからないけれど、ただ、彼らがある話題から別の話題へと移っていくその鮮やかな手際は、私の家族や親類にいる何人かの男の人を思い出させた。けれども、私は仲間外れにされているわけではなかった。その男の人の視線が遠ざかったり戻ったりしながら、ずっと私に注がれているのを感じているからだ。

「歳はいくつですか? お嬢さん《マドモワゼル》」

「十七歳よ」。フロランスが私の代わりに答える。

彼は少しいらいらしたようなそぶりを見せ、そっけない声でいう。

「彼女の声を聞きたいんだ」

フロランスはもごもごと詫びの言葉をつぶやき、私と彼が一対一で向き合えるように、ソファの上で少し横に移動する。彼は、肘掛け椅子に座っている私の方にかがみ込み、手馴れた様子で、ほとんど機械的にといった感じで、いくつか質問を始める。手当たり次第の質問を。学校のこと、成績のこと、趣味のこと。私は要領を得ない答えしか返せず、ときにはほとんど聞き取れない声になってしまって、すぐに自分が何者かを思い知らされる羽目になる。自分で自分を持て余している小娘、きれいでもなく、人生に何かを求めようという勇気も持っていない、ただの小娘。彼はきっと失望している。こんなふうに時間を無駄にしたことに腹を立てている。フロランスは執拗に窓の近くの壁の、目に見えない一点を凝視している。

「君が朗読するのを聞きたい」

彼は立ち上がり、本棚を探すふりをする。それから自分のすぐ横にある低いテーブルの上に置かれた本を見つけて驚いて見せる。それを開き、私に差し出す。

「アンヌ＝マリーのところを読んで。相手役は私がする。どの役のセリフも全部覚えているから」

私は読み始める。彼はすぐにとめる。

「いや、いや、いや。よく聞いて。正確に私のまねをしなさい」

彼はほぼ一ページを読み、私に本を返し、もう一度読むように合図をする。私は従い、できるだけ彼のイントネーションを再現しようと、その舌足らずな口調までまねようと努力してみる。悪意があったわけではない。ただひたすらこの奇妙な訓練をできるだけうまくやりとげようと夢中なだけだ。彼がまたとめる。声の調子は相変わらず礼儀正しいが、にわかに少しいらだったように見える。彼は、もう少しばかり「子どもっぽさ」を抜くように、もっと「こなれた」感じを出すように、と言う。それから、私にはまったく理解できない、何か長々とした説明を始めた。それを聞いていると、六月に控えている恐ろしい大学入試資格試験《バカロレア》のことを思い出してしまう。それよりもっとひどいかもしれない。暑くて、うまく息ができない。ここから立ち去りたい。

フロランスは相変わらず壁の上の目に見えない一点を凝視していた。

「もう一度やってみて……。つっかえるのは気にしなくていい……。ただ文章を読むことだけに集中するんだ……。何も意図しないで……。何も考えないで……」

急に声が優しくなる。眼差しだけは強烈で、その声と眼差しのコントラストのために、彼を信じたい、彼を喜ばせたい、という気持ちが私の中に生まれる。それはよくわからない混乱した感情だったけれど、とても強く、私はいったん閉じてあった本をまた開こうという気にさせられる。

彼はささやく。

「さあ、始めて」


――私、なぞなぞは知らないけど、答えのわからない謎ならひとつ知っているわ。家具の上にほこりがたまるのと、魂の上にほこりがたまるのと、どっちがまし？

――どうしてそんな質問を？

――副院長様は家具の上にほこりがたまるのは神様への罪だとおっしゃるの。

――それで？

――私は、魂の上にほこりがたまっている方が、ずっと大きな罪だと思うのよ。

――魂の上のほこりって、何を指すの？

――いくらでもあるわ。たとえば、偽善とか。

「いいよ、ずっとよくなった！」

彼は立ち上がり、部屋の中を何歩か歩く。愛想のいい笑みを浮かべながら、私から目を離さない。再び目の前に腰掛け、世慣れた調子で、いま私たちが読んだのは彼の第一作「罪の天使たち」の一節で、ジャン・ジロドゥーが書いた対話だと教えてくれる。それは見た？　見てない？　ちっともかまわないよ。では「ブーローニュの森の貴婦人たち」は？　それも見てない？　彼はまるでうれしがっているように、私の無知を褒めてくれる。私は矢継ぎ早に繰り出される彼の言葉の速さに唖然とし、さきほどフロランスに話しかけていたように私に話しかけてくれていることにうっとりとしてしまう。彼は前かがみになり、近づいてくる。

「もう一度読んでもらえるとうれしいんだけど……。読んでくれるよね。同じセリフを、自分が何を言っているかはまったく考えないようにして。わかるかな」

耳元でささやかれたこの懇願は、一種の祈りのようだ。

――私、なぞなぞは知らないけど、答えのわからない謎ならひとつ知っているわ。家具の上にほこりがたまるのと、魂の上にほこりがたまるのと、どっちがまし？

ブルボン河岸で、フロランスは何度も何度も私を抱きしめる。彼女の顔は、厳しい試練をくぐりぬけ、勝ち誇ったような野性的な悦びに輝いている。彼女はしゃべり続け、笑い、ひどく興奮している。

「あなたはすぐに気に入られたわ。わかるの。心の底のいちばん深いところで私はそう感じたのよ……。あのひとはあなたを好きになるわ。あなたを幸せにしてくれるわ」

私たちはセーヌ川に沿って歩いている。釣りをしている人たちや散歩している人たちが見える。私たちがたった今別れてきた人、私にはまだ名前で呼ぶ勇気のないその男の人は、アパルトマンの窓から何人かの自殺を目撃したときのことを語ってくれた。「想像するよりはるかに多いんだよ。いや本当、本当……」。フロランスは一人でしゃべり続けている。時々、私が黙りこくっているのが気に障るのか、こぶしを体に当ててくる。痛くするわけではないが、少年のような力強さで。彼女は、セーヌ川の対岸にあるイギリス風のサロン・ド・テでコーヒーを飲もうと私を誘う。

「そこであのひとと最初の待ち合わせの約束をしたのよ」

彼女は私に顔を寄せてささやき始め、私は首筋のあたりに彼女の生暖かい息を感じる。

「何もかも話してあげるわ……、彼のこと……、あのひとがこれからあなたにどんなふうにふるまうかってこと」

空はどんよりと曇っているが、わずかばかりの光が雲間から差し込んでいる。厚手のセーターを着た女の子たちの一団と擦れちがいざまにぶつかる。気温は朝よりも上がっている。フロランスが家の前まで迎えに来てくれた、あの朝のときよりも。ツバメの声が聞こえるような気がする。やっと戻ってきたのだろうか。ノートルダム橋の上で、男の人がヴァイオリンを弾いている。ハンサムで、若くて、才気にあふれていて、自分の音楽に没頭している。私は立ち止まってそれを聴いていたい、と思う。フロランスは相変わらず私を引っ張りつづけ、話しつづけている。

「冬も終わりね」と私は突然言った。

フロランスは聞いていなかった。

春だった。私はこの二年間で初めて、つまり父が亡くなって以来初めて、この季節を待ち焦がれていた。私は自分のノートに祖父フランソワ・モーリヤックの小説のこんな一節を書き写していた。「幸福とは、数多くの欲望に取り巻かれていること、自分の周りで枝がパキパキと鳴る音が聞こえること」。この定義の前半は私にはまだわからなかったが、後ろの半分についてはなんとなくわかりかけていた。私はまさに「自分の周りで枝がパキパキと鳴る音」を聞いていた、聴き取っていた。それはとりとめがなくて、新鮮で、心をかき乱されるものだった。それは理由もなく、どこででも突然現れた。そんなとき私は、自分の人生はこれからどうなふうになっていくのだろうと夢想した。たくさんの希望のかけらがやってきては通り過ぎ、私は激しく揺さぶられた。けれども、この春の陶酔は、長くは続かなかった。私はすぐに、こんな平凡な自分を変えてくれるものなんて何一つ訪れるはずがない、と確信して、また打ちひしがれるのだった。自分の身体を見て、その思いはいっそう募った。私の身体は一種の変化の時期を迎えていた。私がなろうとしていた若い娘は、私にとって、見知らぬ誰かのように見えた。

サン＝ルイ島のアパルトマンで出会って以来、あのひとからの音信はまったくなかった。フロランスは心配していなかった。あのひとはためらっているのよ、時間をおいているのよ、きっとそのうち連絡してくるわ、そう彼女は固く信じていた。その確信ぶりが私には驚きだった。私たちはあれ以来会っていなかったが、彼女は定期的に電話をくれていた。

もう一つ気がかりなことがあった。こちらもやはり宙ぶらりんになっている問題だった。九月の新学期以来、教育省が現在の高校二年生と三年生の間で大学入学資格試験《バカロレア》を廃止するかどうかを検討していたのだ。私はパッシーのサント＝マリー高校の二年生だったので、この問題は私に直接関係していた。そしてある朝、私がいつも以上に自分の将来について絶望的な気分になっていたとき、すばらしい知らせが飛び込んできた。この六月にはもうバカロレアは実施されないというのだ。それは天からの贈り物だった。幸運の星が私を見守ってくれているという証しだった。私はまた希望を取り戻した。あのひとはもうすぐ私に連絡してくるにちがいない。

そしてとうとう、あのひとは連絡してきた。

「あなたによ」

私は電話が鳴ったのに気づかず、母が応答するのも聞いていなかった。母は不安な表情で、黙って私に受話器を差し出したが、母のそんな顔は、それまで一度も見たことがなかった。それから一言も言わず母は部屋を出ていった。ドアを閉めて出ていっただろうか。思い出せない。私はすぐに背を向けてしまったからだ。自分の気が急いていたこと、あっという間に顔が赤くなったこと、手が震えていることを見られたくなかったのだ。

「やっとまた、話せたね……。会えなくてさびしかったよ……。ずっと君のことを考えていた……。君も私のことを考えてくれていたかい……。昨日は木曜の休みだったね……。休みの日には何をしてるの。学校は好きかい。カトリックの学校だったよね、確か。話してくれ。何でも好きなことを……。君の声を聞いていると、君が目の前にいるようだ……。君の声を聞く必要があるんだ。君をよく知るために、君が誰かをもっとよく知るために……」

それから何度か電話があった。わたしはいろんな種類の、こまごまとした、何の脈絡もない質問に答えなければならなかった。彼はそれを注意深く、と同時にぼんやりと聞いていた。私はもう相手の舌足らずな口調も気にならないほど、すっかり慣れてきていた。けれども、自分が何を話そうと彼にはどうでもいいことのような気がして、そのことに戸惑っていた。母と弟、そして我が家とひと続きのアパルトマンに住んでいる祖父母たちは、私のことを心配していいのか、ほうっておいていいのか、迷っていた。フロランスだけは大喜びしていた。「あのひとはあなたの声をテストしているのよ。すごくいい徴候だわ。あなたのことが気に入ってなかったら、もうとっくに電話しなくなっているはず。きっともうすぐあなたに会いたいって言ってくるわよ」

電話はその後も続いた。たいていは日が沈む頃、私が学校から帰ってきた頃にかかってきた。けれども突然、何かが変わった。表だった理由もなく、相手の声が険しくなり、話の内容が違う方向に、はっきりとした、あからさまな方向に向かい始めた。あのひとは、私につきあってかなり時間を無駄にしてしまった、そろそろ自分の映画のことを考えなければならない、最近スタジオである若い娘にカメラテストを受けさせたが、その娘を採用するかどうか決めなければならない、と言った。私がびっくりして戸惑っていると、電話の声は優しくなり、また前の穏やかで温かい調子に戻った。その温かい調子に私はもうすっかり弱くなってしまっていた。あのひとは、カメラテストの結果に必ずしも満足してはいないんだと言った。どうだろう、またブルボン河岸の私の家に来てみる気はないかい？　採用するという約束はできないけどね。あのひとは、私がその映画のヒロインにふさわしいとは思っていないんだが、と付け加えた。

　この最後の点に関して、フロランスは即座に否定した。私たちはノートルダム橋を渡っているところだった。彼女はいらいらして、癇癪《かんしゃく》を起こし、初めて私に対して強い口調で言った。

「冗談じゃないわ！　私は『バルタザールどこへ行く』のシナリオを読んだのよ。マリーはあなたよ！　だから絶対にあなたに会うべきだって言っておいたんだもの。あのひとだって知ってるわよ、マリーがあなただって。ほかの女の子をテストしたって？　ふん……」

　私は息が苦しくなり、途方にくれて、何とも言いようのない苦悩に包まれていた。この二度目の対面を、私はまるで罰を受けに行くように、いやそれどころか、処刑でもされに行くように感じていた。それが顔にも表れていたのだろう。フロランスが激しい口調で言った。

「いい、よく聞いて。あのひとは嘘をついてる。あのひとがどういう芝居をしているのか知らないけれど、これは芝居で、あのひとはあなたに嘘をついてるのよ」

私が尋ねようとするより早く、彼女は先取りして言った。

「どうしてかなんて聞かないでね。とにかくそういうことなの」

建物の前まで来ても、私はまだ迷っていた。フロランスは私の肩を押して、ポーチをくぐらせた。彼女はこのとき、少年のような力と、戦い慣れた女の魅力の両方を兼ね備えていた。


私は「罪の天使たち」の同じシーンをまた何度も読まされた。短くそっけない言葉で指示が飛んできた。「気持ちを込めずに」、「もっと早く」、「もっともっと早く」、「何も考えないで」。目の前に座ったその人は私から目を離さなかった。まるで卓球でもやっているように、完璧に熟練したやり方で、機械のように自動的に返答を返してくるのだった。もうこれで終わりだろうか？いや、もう一回だ。私たちはすぐに息が合うようになった。どちらが相手のリズムに合わせているのか、そんなことはどうでもよかった。重要なのは、彼のリードに従うことが私にとってあまり苦にならないということだった。彼の声の単調な繰り返しや、その眼差しの強烈さや、私たちの周りを覆っていた沈黙に、私は催眠術にかけられたようになっていた。まるでもうフロランスも、どんな生命も蒸発してしまい、この建物や、セーヌ河岸や、サン＝ルイ島からいなくなってしまったみたいだった。

――私、なぞなぞは知らないけど、答えのわからない謎ならひとつ知っているわ。家具の上にほこりがたまるのと、魂の上にほこりがたまるのと、どっちがまし？

――どうしてそんな質問を？

――副院長様は……。

「もういい」

彼はすっかり上機嫌になったようだった。猫のようにしなやかに伸びをすると、居間を一周し、動けずにいた私の前で立ち止まった。二人の顔が同じ高さになるように前かがみになり、魅惑されたような、と同時に勝ち誇ったような表情で、一瞬私をじっと見つめた。彼の手が伸びて私の片方の頰をなでた。強く押しつけるのではなく、ごく自然に。

「この子の声は自然のまま何の色もついていない。これなら訓練させる必要もなさそうだ」

「そう言ったでしょ」

アームチェアでじっと動かずにいたフロランスが息を吹き返した。と同時に、建物も、セーヌ河岸も、サン＝ルイ島も生き返った。別の階のピアノの音が聞こえ、セーヌ川の子どもの叫び声、引き網船漁師の呼び声が戻ってきた。隣の部屋で電話が鳴った。ハイヒールの音が床にコツコツと響き、女の人の声が答えた。彼の奥さんだろうか。フロランスが前に教えてくれたところでは、彼はもうずいぶん前に結婚しているらしい。

「それに彼女はものすごくやわらかい肌をしている。本当にやわらかい……」

フロランスの笑いが何か共犯者めいた、不良っぽい感じになった。彼女は立ち上がって、彼のそばに寄った。そして、私がいることなどおかまいなしに、小さな声で互いにささやき合い始めた。まるで私が存在しなくなってしまったみたいだった。台本を読んでいるあいだの高揚感は、あとかたもなく消えてしまった。彼らの注意をひくために、咳払いをしてみたが、何の役にも立たなかった。二人は手帳を開いて、次の約束のための日取りを探していた。男の人に対してあらゆる手管を発揮するフロランスを、私は驚愕《きょうがく》の思いで見つめていた。この二人の本当の姿を初めて知ったような気がした。一人の老人、とても年とった男性と、それをたぶらかすために見事な手腕と美しさを見せる若い女性、そしてそれが私の友人なのだった。

私はコートを羽織り、急いで部屋を出ようとした。そのとき、彼が私の腕をつかんで引きとめた。

「どうしてそんなに急いで行ってしまうんだ。今日はもう疲れただろうけど、私の映画のシナリオだけは見ていってほしい。次に会いに来るときは、物語のことを話せるだろう、マリーのことをね……」

フロランスがこっちに来ようとしていた。彼は私の腕をつかんでいる力を強めて、こうささやいた。

「今度は彼女なしでおいで」

突如として、我が家は彼の話題でもちきりになった。家じゅうがざわめいていた。一体、私の年齢で映画になど出させていいものだろうか。祖父は、私が昔、女優になりたい、芝居をやりたいと言っていたことを覚えていた。おばの一人はばかにして笑っていた。「この子じゃあ、ものにならないわよ。声量がないし。どうやって舞台なんかできるっていうの。映画にしたって、それほどの容姿でもないし、ねえ、見てごらんなさいよ！」

父が亡くなってから、弟のピエールと私は、いわば家族みんなに育てられているようなものだったが、その中で一番大きな位置を占めていたのは祖父母だった。一九六五年の春、私が映画に出演するのを認めるか認めないかは、とても重大な決断だったので、母はその判断を全面的に自分の父、フランソワ・モーリヤックにゆだねた。祖父は迷っていた。ロベール・ブレッソンはロジェ・ヴァディムのような監督とは違い、カトリックの映画作家であり、何よりも「田舎司祭の日記」や「ジャンヌ・ダルク裁判」を撮った監督だった。撮影は夏休みのあいだに行われ、九月の新学期にはかからないことになっていた。でもその後は？　その後は、一体どういうことになるだろう。

私にはとてつもなく有利な点があった。祖父が私を愛していたということだ。父が病気になったとき、そしてとくにその後、それでも生きつづけなければならなかった私に、祖父はその証拠を示してくれた。祖父の優しさ、祖父の愛情がなかったら、私は悲しみのあまり死んでしまっていただろう。祖父は私が大きくなるのを好奇の目で、そして少しばかり心配しながら、見守ってくれていた。私がほかの孫娘たちとは違うと考えていて、他人とは違った独自の道を進むだろうと日頃から言っていた。そして突然、それが正しかったことが現実に示されたのだった。名高い映画監督が、映画の主役に私を使おうかどうか検討しているというのだから。祖父は、このような申し出が今すぐそして将来においてどんな影響を及ぼすか、祖父としての責任はどうなるか、そういったことを慎重に考慮していた。祖父としては恐れを抱くのも当然だっただろう。しかし同時に、私のせっかくのチャンスをつぶすようなまねを自分がしてしまうこともまた、祖父は恐れていた。こんな刺激的な体験はめったにできるものではないし、おそらく二度と訪れないだろうと祖父は考えていたからだ。

私はその人物――相変わらず私はその人を名前で呼ぶ勇気がなかった――ともう一度会った。フロランスは今では正式に私の家族の委任を受けて、私に付き添ってきた。この前の対面のときと同じように、彼女は、私が「罪の天使たち」の同じシーンを何度も読んでいるあいだ、うまく姿を消してくれた。

　ロベール・ブレッソンはだんだん満足してきているように見えたが、まだ私を採用する決心がつかないようだった。彼はまだあの別の娘《こ》ともレッスンしているのだろうか。それとも三人目の娘を探しているのだろうか。私はそれを知らなかった。昼はそのことに思い悩み、夜はよく眠れなかった。私はこの映画に出たいと望んでいた。それまで一度も何かをこんなふうに望んだことはなかった。まるで私の全人生がそこにかかっているような気持ちになって、全身全霊を込めて望んでいた。それは四六時中ついて離れない強迫観念になった。「それしか頭にないわね」とみんなから非難された。バカロレアがもし六月にあったら落ちていただろう。それが廃止になったことが私を勇気づけてくれた。きっと幸先の良い証し、と私は思いこもうとしていた。

「あなたによ、ブレッソンから」。部屋で宿題をしているとき、ママが私を呼んだ。いつもの時間ではなかったので、不安に思いながら受話器をとった。

「君にカメラテストを受けてもらいたい。『罪の天使たち』のシーンを二つ覚えてくれ。今夜のうちに台本を送るよ」

カメラテストはブーローニュ・スタジオで行われた。私は数日前に十八歳になったばかりで未成年だったので、ママが付き添ってくれた。

行きのタクシーの中で、私たちは二人とも同じくらい興奮していた。それは思いがけないことだった。父が死んで以来、私たちはなんでもないことでしょっちゅうぶつかり、毎日一緒に生活するのがつらくなっていたからだ。お互いに相手のことを理解できず、その溝はどうやっても埋められそうになかったのだった。

けれどもこの数週間、ママが私に近づいてきていた。はじめは不安げだった彼女も、映画に出たいという私の望みを理解し、やがて受け入れるようになった。もちろん面と向かってそれを示すことはなく、家庭内の不協和音に遠慮して慎重な姿勢を貫いていたが、少しずつ私の味方になってくれた。とくにその日、セーヌ川に沿って進むタクシーの中で、そうだった。「うまくいくわ。私にはわかる、うまくいくわ」と彼女は繰り返し、私の手を握った。私は心の中で「罪の天使たち」のセリフを唱えていた。ママが練習に付き合ってくれて、すっかり暗記してしまっていた。失敗するんじゃないかという恐怖と同時に、自分の前に、スタジオのドアの向こうに、広がりつつある未知の世界におびえていた。喉が締め付けられ、めまいがするような感覚に襲われて、自分がいまにもこの歩道の上で死んでしまうんじゃないか、少なくとも気絶するんじゃないかという気がした。

「さあ行きなさい」ママがささやくように言った。

私はパニックに陥った。

「一緒にいて。一人じゃ行けないわ」

「私がいるとやりにくいでしょ」

反論しようとしたが、さえぎられた。

「そこの向かいのカフェで待ってるわ」

母はすばやく私にキスし、通りを渡った。カフェの前で振り向くと、手で小さなしぐさをした。激励の、そして愛情のこもった小さなしぐさ。彼女はじっと動かず、私を見ていた。私が建物に入る決心をするのを待っていた。そのとき私は、不確かながら理解したのだ。彼女が私に、やはり不確かながら送ろうとしていたメッセージを。「これはあなたの人生なのよ。あなたの番なのよ」と。彼女はこの何年ものあいだで初めて、私を信頼してくれていた。私もまた小さく手で合図を送り、建物の敷居を踏み越えた。ママは今、私がそれまで予感すらしていなかった新しい力を、その力を引き出すきっかけを、私に伝えてくれたのだった。

セットと呼ばれるその巨大な場所に足を踏み入れることは、まったく異なる二つの世界の境界に身を置くことだった。一方には私のいる薄暗い世界があり、もう一方、奥の方には、まるで非現実に見えるほど強烈なライトに照らされた世界があった。何人かがそこで黙々と動いていた。その中心にいるロベール・ブレッソンの白い髪は、遠くからでもよく見分けがついた。私の到着はもう知らされていて、誰かが出迎えにきた。私は光の中へ連れ出され、彼のそばに立たされた。彼は両手を私の両肩に置いた。その目、その口、その存在のすべてが、微笑みかけていた。私たちの周りで、いったん中断されていた会話がまた少しずつ、けれども小声で、始まっていた。彼はその強い眼差しの力と軽く乗せた手の接触だけで、私を動けなくしていた。とても暑く、誰かが命令する声が聞こえた。

「照明を弱めろ!」

「怖がらなくていいよ」とロベール・ブレッソンは言った。

「怖くありません」

とても信じられないように聞こえるかもしれないが、本当だった。暗闇から離れて光の中に立った途端、彼が私の前に来てくれた途端、私は怖さを感じなくなっていた。

「セリフは覚えているかい」

「はい」

彼は白い背景の前に一つだけぽつんと置かれた椅子を示した。椅子の向かいに、十四、五人の人たちがカメラを中心に散らばって立っていた。入ってきたときカメラの存在には気がついていたが、それはとてもかさばる、美しい彫刻を思わせた。

「あそこに座りなさい。私が『スタンバイ！』って叫ぶ。それからカチンコが鳴って、君に『アクション！』って言うから、そうしたらセリフを言い始めるんだ。いいね。私の家でやったのとまったく同じようにだよ」

彼が一つ合図すると、誰かが暗闇から出てきた。

「彼女をあそこに座らせて。ライト！　全員動きを止めて！」

照明の強さに目がくらむことも、自分をじっと見つめる何十という眼差しにおびえることもなかった。自分はいま特別な瞬間を生きているのだという自覚があり、一瞬一瞬を味わっていた。一瞬一瞬が、その前の一瞬とは違っていた。いま現在のこの瞬間だけがすべてだった。

「静かに！」

「スタンバイ！」

「ハイ、ヨーイ！」

「テスト、マリー、テイク１！」

「回りました！」

「アクション！」


――私、なぞなぞは知らないけど、答えのわからない謎ならひとつ知っているわ。家具の上にほこりがたまるのと、魂の上にほこりがたまるのと、どっちがまし？

――どうしてそんな質問を？

――副院長様は家具の上にほこりがたまるのは神様への罪だとおっしゃるの。

――それで？

――私は、魂の上にほこりがたまっている方が、ずっと大きな罪だと思うのよ。


カメラの後ろに立つロベール・ブレッソンの背の高いシルエットが、暗闇の中で見分けられた。慣れ親しんだその単調な声が、相手役のセリフを読み、私のセリフを直し、リズムを変えてやり直すように命じた。光の中でたった一人でいることも、全員が集中してじっと動かないことも、まったく初めての要素だったが、私を怖がらせるどころか、むしろ助けてくれていた。私はただ彼の言うことを聞き、その通りにするだけでよかった。理解しようとはしなかった。彼にすべてをゆだね、自分を投げ出せばよかった。どうしてかは自分でも説明できないけれど、それが私にはこの上なく心地よかった。それどころか、彼に服従することに、私は大きな快楽を感じていた。後になってから、ブレッソンのレッスンはとても厳しく、というより、ひどく不愉快なものので、苦しめられた人も多いという話をよく聞かされたけれど、私の場合には決してそうではなかった。

「それでいいよ。ありがとう」

彼の後ろに、大きなかたまりになった人々のシルエットがあった。彼はその方に向き直り、低い声でいくつか言葉を交わした。それから誰かが私に呼びかけた。

「すみません、頭を左に向けてもらえますか……。右に……。ゆっくりと……。もっとゆっくりと……。今度は頭を下げて、それから持ち上げて、カメラの上のこっちの手を見ながら……。ゆっくりと……」

私はこの奇妙な体操をやった。一分後、今度はややどっしりとした、肌の白い赤味がかった金髪の男の人が暗闇から出てきて、私に近づき、何か照明に関する命令をぶつぶつ言った。それに応えて、いろんな方向で人が動き、ロベール・ブレッソンはいらだった。「もう少し静かに！」私の隣に来たその人は、そんなことにはかまわない様子で、私の顔の近くで変な小さな物体を動かしていた。「露出計だよ」と彼は優しく話しかけてくれた。その熱心な眼差しと真剣な様子を見て、すぐに親近感が湧いた。おまけに、その人は熊に似ていた。ホッキョクグマみたいだった。私がちょっと笑い顔を作って見せると、向こうも笑い返した。「僕は撮影監督……。名前はギラン・クロケ」。ぶっきらぼうな調子でそう言った。ロベール・ブレッソンは自分の折りたたみ椅子から離れ、照明の当たっているゾーンの縁までやってきた。いらいらしているようだった。

「いつ終わるんだ。長すぎるぞ！」

「これが私の仕事なんですよ。監督」

そのホッキョクグマ――その人の名前はまだ覚えきれていなかった――は、彼に背を向け、天を仰いで肩をすくめた。その返事と無遠慮な態度に、セットの一番暗いあたりからちょっと笑いが起きた。その笑いはすぐに鎮まった。激怒したロベール・ブレッソンが移動して、どこから笑いが起きたか見定めようとしたからだった。「急ぐぞ」と彼は取り巻きの人たちに言い、それから自分の定位置に戻った。ズボンの上を神経質そうに指でたたき続けるのが見えた。「全員静かに！」と彼は声を張り上げた。一気に緊張の糸が張りつめ、そこにいるすべての人を支配したように見えた。ただホッキョクグマだけが私の椅子の周りをぐるぐる回り、露出計を振り回していた。その頃とても流行っていたアダモの「雪が降る」を歯のあいだから口笛で鳴らしていた。それがあまりにも場違いで、私は思わず噴き出しそうになった。

ママは、カフェのベンチで丸くなって私を待っていた。その美しい顔が不安で歪んでいた。もはや四十八歳の女性ではなく、私と同じ年の少女、ここではない場所、もう一つの違う人生を夢見る少女の顔だった。彼女はまるで私を映す鏡のよう、あるいは私が彼女の鏡のようだった。ほんの二、三秒のあいだ、私ははっきりと悟った。私たち二人はやっぱり何か本質的なものを共有しているのだと。

家に帰ると、私の興奮と幸福感はすぐに消え失せてしまった。あの魔法の世界を垣間見たあとでは、自分の部屋の十代の日常は平凡でつまらなく見えた。部屋の散らかり方や机の上の教科書やノートが、あっという間に私を現実に引き戻してしまった。舞踏会のあとのシンデレラになったような気分だった。パーティはもう終わってしまったのだ。

ママは、時間が経つにつれて不安でひきつっていく私を、ひどく同情しながら見つめていた。

「明日にならないとわからないけど……。でもきっとうまくいくわ……。うまくいくって考えなさい……」。そう繰り返す母も、だんだん自信がなくなっていくようだった。

映画の台本は、前もって祖父フランソワ・モーリヤックにも渡されていて、私たちは祖父がそれを読んでどう思うかが決定的に重要だということを知っていた。私の運命を決めるのはむしろ祖父だったのではないだろうか。カメラテストの結果より、そっちの方がママをおびえさせていた。なにかはっきりしない理由によって、母は自分の父――私の祖父――が、私の映画出演を許可しないのではないかと思っていたのだ。こんな若い娘にそんな自由を許すはずがないと。そして私にもその苦悩を打ち明けるのだった。「もしお父様があなたに出演を許さなかったら、私はきっと卑怯者になってしまうわ。お父様に反抗なんかきっとできないわ……。あなたのことなのに、私の子どものことなのに」。母は泣き出しそうになり、私の方が慰めなければならなかった。「いいえ、ママ、そんなことない……。おじい様は絶対禁止するはずないわ……。おじい様なら」というのも、やはりよくわからない理由によって、私はママと反対のことを固く信じていたからだ。祖父はいつでも私の味方になってくれるはずだと。私にとって、問題は祖父ではなく、あの絶望的なカメラテストの方だった。夢のようなひとときにすっかり舞い上がってしまっていたから、絶対失敗していたに決まっている。いま私が見ている通りの、ありのままの私が写ってしまっているに違いなかった。つまり最低で最悪の私が。

夜遅くに電話が鳴った。私はちょうど寝についたところで、ママは寝る前の身づくろいをしていた。「出て」とママが浴室から叫んだ。私は内階段を転げるように降りた。愛犬のサリーがかかとにまとわりついてきた。

言い訳の言葉もなく、ロベール・ブレッソンはすぐに途切れ途切れの、意味不明な演説をふるい始めた。彼がこんな声、こんな口調で話すのを聞いたのは初めてで、この人は突然狂ってしまったのではないかと思った。「私はもう絶望しているんだ」と彼はひたすら繰り返した。「君なしでは映画が作れない」。祖父の名前や、伯父クロード・モーリヤックの名前も何度か繰り返し出てきた。この伯父にも彼は台本を渡していたのだった。ところが、それを読んだ伯父は「冷淡」で「よそよそしい」態度を見せたという。私にはあんなに巨匠然として見えたこの男の人が涙声を出し、息も絶え絶えの姿を見せている。だがもっと異様なことに、この人は私に助けてくれと懇願するのだ。そしてこう付け加えたりした。「ばかげてるね……。君が私を助けられるはずがないのに！」

しばらく経って彼の話はようやくはっきりしてきた。ロベール・ブレッソンの主張はこうだった。クロード・モーリヤックは自分を「軽蔑」しており、そのためフランソワ・モーリヤックもその影響を受けて、私が映画に出るのを許さないだろうと。「でも君がいなければ、私は『バルタザールどこへ行く』が作れないんだ！」きっと思い違いをしているのよ、と言おうとしたが、彼は話をさせてくれなかった。そして長い時間が経ってから、彼はこの常軌を逸した電話にようやく終止符を打ったが、そのときには私ももう彼の言うことを信じ込むようになっていた。クロード・モーリヤックとフランソワ・モーリヤック、それに私の母、要するに私の家族全員が、ロベール・ブレッソンに反対する同盟を結び、映画作りを阻止しようとしていると。私はショック状態に陥り、完全に打ちのめされてしまった。

打ちのめされるあまり、私はもう翌日彼が結果を見ることになっていたあの午後のカメラテストのことも考えられなくなった。第一、彼はそれについては一言も口にしなかったのだった。

今でもまだ、私はあの夜の彼のふるまいについて考えている。彼の絶望は本当に真剣なものだったのだろうか。そして、もしそうなら、どの程度までそうだったのだろうか。しかもそれをどうしてあんなに激しく私にぶつけたのだろうか。そのことが私にショックを与えるとは心配しなかったのだろうか。あれは私の反応をテストする新しいやり方だったのではないのだろうか。私に及ぼす自分の力の強さを測るための。というのも、結局、あの電話のおかげで、私は彼以上に混乱し、落胆してしまったからだ。撮影が終わる頃、私はこの出来事を話題にしてみたことがある。すると彼はただこう返答しただけだった。「私は君の家族が映画を許可してくれないんじゃないかと不安になっていたんだ。絶望的になってしまったんだ。君だって絶望して当然だっただろう」

翌日、祖父が私を書斎に呼んだ。

祖父はいつも長椅子の上に横になる習慣があったが、そのときもそうしていて、「バルタザールどこへ行く」の台本を手にしていた。私を自分の近くに呼び寄せ、床にじかに座らせた。私の顔に、昨夜の不眠の痕と心の中で渦巻いている矛盾した感情――欲望、恐怖、そして信頼――を読み取ろうとしているようだった。祖父は何秒か楽しむようにこの沈黙を引き延ばし、それから冷やかすように言った。「こりゃまあお前、本当に映画に出たがってるんだねえ……」。許してくれていることがわかった！　後になって、祖父は私にこう言ったものだ。「お前、体全体で私に懇願してたよ……。こっちまで胸が張り裂けそうだった……。もし私があのときまだ決心を固めていなかったとしても、お前は無理やり承諾の決定をむしり取ったんじゃないかね！」

それから祖父は台本が独創的で大胆だといって褒めた。一頭のロバと一人の少女の物語だけで最初から最後まで構成された映画なんて今まで見たことがあるかね？　バルタザールとマリーの道は交差しては離れ、離れては交差して、片方が死んでもう片方が零落するまで続く。彼らを中心に、ほかの物語や登場人物がさまざまに絡んでくる。この登場人物たちがまた、みんなそれぞれいろんなレベルで悪を体現している。とくに「黒ジャンパー」のリーダーがそうだね。こいつが少女を誘惑して堕落させるわけだ。祖父は、こうしたさまざまなテーマが、祖父の好む小説家の一人、ドストエフスキーのテーマにも近いものがあると感じているようだった。けれども、たったひとつだけ心配していた。

「このシナリオは確かにすばらしい。だが、とことん暗くて悲観的であることは間違いない。傲慢さ、残酷さ、愚かさ、官能性、凌辱と暴力、そういったものがいたるところにあらわれている。そして勝利するのはいつも悪だ！　ほとんど神なき世界だね、これは……。こんなひどい目にあう娘の役をやるのは、怖くないのかい」

「いいえ、いいえ、いいえ」

私はほとんど聞いていなかった。私にとって重要だったのはたった一つのことだけで、それをずっと反芻《はんすう》していたからだ。映画に出る許可が得られた！　祖父はそれから話を変え、どんなことがあっても九月の新学期に遅れるようなことがあってはならないと宣告した。私は喜んで承諾し、勢いあまって、バカロレアにも絶対合格してみせると約束した。

「そんな先のことまでは、いい」

私は祖父の白くて乾いた手に頬を乗せていた。もう一方の手で祖父は私の顔をなでてくれた。

「本当に肌がやわらかいね、わが孫娘は」と祖父はつぶやいた。父が病気になったとき、それから亡くなってしまったあとの数ヶ月間、祖父はよくこのしぐさをしてくれた。私を慰めるために、永久に失われてしまった父の愛情を埋め合わせるために、祖父はよくこの手を使ったのだった。それからこのしぐさはすっかり消えてしまっていた。この一九六五年の六月二十五日に再び現れるまでは。映画という、信じられない冒険に踏み出す許可を、私に与えてくれたばかりのこのときに。

「こういう未知の進路にお前を送り出すというのは、責任の重いことだよ。きっといろんな影響が出るだろう。どういう影響かはわからないがね……。当然だろう……。いったん籠の戸が開いてしまったら、鳥は飛び立つものだ……。でもどこへ行ってしまうのやら。お前の父ならどうしただろうね」

祖父はじっと考え込むように、そこで言葉を切った。六階下では、フォンテーヌ通りの公立小学校の子どもたちが、叫び声をあげながら運動場を駆け回っていた。いつもの騒音。とても聞き慣れたその騒音は、私の心を静めてくれた。

「お前の父は映画の世界は知らなかった……。私と同じように、不安に思っただろうね。でもきっと私と同じように、こんなわくわくする経験をお前から取り上げる権利はないと考えたと思うよ。こんな機会をお前から奪うなんて、許しがたいことだからね……。たとえどんな危険があろうとも」

「絶対に合格するわ。大学に。きっとよ！」

私は突然がばっと起き直り、そうして、二人の間に流れていた親密な時間に終止符を打った。祖父は私をじっと見つめていた。ちょっと鈍い子どもを見るような、でもかわいくて仕方がない、そんな子どもを見るような目で。

「大学のことを心配しているのではないよ」

私が理解できないでいると、

「お前はこの映画に出るだろう。それはいい。でもその後はどうなる。私が心配しているのは、と同時にわくわくしているのは、そのことだよ。その後のことだ……」

祖父はちょっと貪欲そうな笑いを見せた。

「どうしてお前に許可を与えたかわかるかい。ふふ、できることならお前になり代わりたいと思っているからだよ。お前がうらやましいんだ。考えてごらん。私に映画に出てくれなんて言ってきた者は一人もいなかったんだよ。この私にはね！」

そう言って祖父は笑い出し、長いあいだ笑いつづけた。私もつられて笑った。さっきまでの耐えがたい緊張の後、こうして一緒に笑い合ったことで、私たちの絆は決定的に固く結ばれた。けれども、忘れていた心配ごとを思い出して、私の笑いはぴたっととまった。

「カメラテスト……。彼はまだカメラテストを見ていないわ」

気落ちする私とは対照的に、祖父はいっそう陽気で愉快そうに見えた。

「彼はお前を望んでいるよ。もう彼の気持ちは決まっているんだ。そうじゃなかったら、私にこんなことを頼んできたりはしないよ。わざわざ台本を送ってきて、大至急読んでほしいと頼んでくるなんてね！　カメラテストだなんてのは……」

私はまた希望を取り戻した。

「どういうこと」

「何だい、『どういうこと』ってのは……。何を言わせたいんだね」

それから、ちょっと打ち明けごとをするように、いたずらっぽい光をたたえた目で言った。

「お前のブレッソンは、私に言わせると……とんでもないもったいぶり屋だよ！」

そうして私にドアの方を指し、もう話し合いが終わったことをほのめかした。

「いいかい、そのことを忘れるんじゃないぞ。それから台本をもう少し注意深く読みなさい。お前が演じようとしているこの不幸な娘は、ジャンヌ・ダルクではない。ジャンヌ・ダルクとはまったく違うんだ！」

私の祖父は、いつだってそうだが、見事に見抜いていた。私はもちろん台本を読んでいた。けれども、その物語にも、自分がなりきろうとしている人物の大きな悲劇性にも、ほとんど注意を払っていなかった。もし祖父がそこにもっとこだわって、それについてどう思うかと尋ねていたら、私はまったく無邪気に「なにも」と答えていたのではないだろうか。その時点での私の唯一の気がかりは、ロベール・ブレッソンに気に入られ、映画に出られるかどうか、そのことだけだったのだ。

ところで、フロランスは？

数週間前からフロランスはずっと鳴りを潜めていた。私の方から電話し、顚末を語るのをおとなしく待っていた。自分がお膳立てしたこの出会いが大団円を迎えることを彼女は一瞬たりとも疑っていなかったし、またこの出会いについて変に出しゃばる真似もしなかった。ロベール・ブレッソンが正式に私を映画に採用したことを伝えると、彼女は会いたいと言った。「やっと話してあげられるわ。『ジャンヌ・ダルク裁判』の撮影のときに、私がどんなふうにジャンヌになったかってことをね。明日会いましょう。サント゠マリー駅の出口で。何もかも話してあげるわ」「何もかもって？」私はその辺をもう少し詳しく知りたかったのだが、彼女はとりつく島がなかった。「明日ね」。「あいかわらず秘密主義なんだから」とママはいらだちをこめてそう評した。母はフロランスの性格を理解しかねていて、そのため当然、信用していなかった。

フロランスは約束の時間に歩道で待っていた。美しく、はつらつとしていた。私は自分の親友の女の子二人を紹介した。二人ともたちまちフロランスに魅了されてしまった。「ちょっと彼女を借りるわね」とフロランスは二人に言い、私の体に手を回してトロカデロの方に引き連れていった。

カフェで、フロランスはビールを二つ注文した。

「もう夏だから、昼下がりに飲むにはこれが最高よ。今日ロベールと話した？　まだ？　きっと夜までには連絡してくるわ！　覚えておきなさい。映画が始まるまでずっと付きまとわれるから。映画の最中も、その後もね！　ロベールは独裁者よ。でも魅力的な独裁者。あなたはずっと従わなきゃいけなくなるわ。従順になること、献身っていうことを覚えなきゃね。どっちにしたって、あなたには選択肢はないの。ロベールはあなたがほかのスタッフとはできるだけ接触しないようにするはず。嫉妬深いの。所有欲が強くて。だって、彼はあなたに恋するようになるから。私のときもそうだったし——と私は思ってるんだけど——、それにマリカのときもそうだったと思うわ」

「マリカ？」

「マリカ・グレーン。『スリ』の女優よ。見てない？」

「見てない」

「きっといずれ見せられるわ。私のときもそうだったけど。ロベールは自分の映画を見せるのが大好きなのよ」

さっきからフロランスは、まったく違う口調、まったく違う語彙を採用していた。もはやあの、ひとではなく、ロベールになっていた。話のあちこちにロベールが顔を出した。まるでようやくその男の人を名前で呼べるようになったことを、そうやって二人の関係の親密さを見せつけられることを、心の底から楽しんでいるように。ふだんの慎み深さも秘密主義も忘れていた。彼と過ごした数週間のことを語り、人間としての面と芸術家としての面が合わさった彼の複雑さを語った。彼女は、「私にバトンをパス」し、「仲間に引き入れる」ことができたのが誇らしいと言った。「幸せにしてもらえるわ。ものすごく幸せに」と何度も繰り返した。だが、その直前には、あるエピソードを詳細に語って、「あのときは苦しかったのよ」と言ったばかりだった。ふいに怖がり出した私の様子を見て、彼女はこう言った。「でも私は、今のあなたと違って、彼のことは何も知らなかったのよ。彼の仕事のやり方とか……」。彼女は時折私から視線を外し、思い出に浸るように黙り込んだ。

午後の終わりが近づいていた。私にとっては家に帰って家族と過ごす時間であり、フロランスにとってはカルチェ・ラタンでの大人の生活に戻る時間だった。カフェからトロカデロ駅までを分かつ数メートルの距離を、私たちは黙って歩いた。フロランスはまた落ち着いたにこやかな様子に戻っていた。彼女は私を抱きしめ、ふだんよりちょっとだけ長く私の体を自分の体に押しつけた。「あなたに打ち明けたことは絶対誰にも言わないでね。約束して！」私は約束し、彼女から身を離した。「それからあなたも私に何もかも話してくれる？　約束して！」私はまた約束し、歩道で彼女と別れた。と、突然、何だか急に彼女が悲しそうに、ものすごく悲しそうに見えた。私が自分で気がつくより先に、彼女はもう悟ってしまっていたのかもしれない。私がこれから始まる冒険について、何一つ彼女に話そうとしないだろうということを。私がもう彼女を必要としていないということを。彼女の役割はもう終わってしまったのだということを。フロランスは、だてに私の先輩だったわけじゃなかった。

私に対する周りの態度が変わった。私は「もうすぐ映画に出る人」になったのだ。何人かはごく単純に、心から喜んでくれていた。だが中には会話の端々に、私の不器用さとか無教養とか顔の平凡さについて、ちくちくと意地悪な言葉を滑り込ませる者もいた。そういう悪意のこもった言葉を投げつけられると、若い娘なら誰でも参ってしまうだろう。その年頃には、人はまだ自分のことを何も知らず、疑ったり、迷ったりしているものだからだ。私もまた、いっそのこと映画をあきらめてしまいたい、どこか遠くへ行って何もかも忘れてしまいたいという気持ちになった。

けれども私にはロベール・ブレッソンがいてくれたのだった。彼に会うと恐れはすぐに消えてしまった。彼はとても優しく話しかけてくれ、私のことを、彼にしかわからない美質をそなえた貴重な存在として認めてくれていた。突如として自分が誰かのために存在し始めたという理由によって、私は初めて自分が存在していいと感じるようになっていた。ことの順序が逆になっているという意味で、それは文字どおり私にとって世界がひっくり返るような体験だった。彼は私を見事に手なずけてしまっていた。けれども、そういう言い方ではまだ足りなかった。彼は日々目に見えない糸を紡ぎ、私を縛り付け、ぴったりと自分に結び付けてしまったのだった。私たちは一緒に時を過ごし、電話で長い会話を交わした。彼の質問はあらゆることに及んだし、また、私が同世代の男の友人たちと一緒にいて彼から離れている時間に腹を立てた。「彼らのことをどう思う？」私が答えるよりも早く、「はっきり言って連中は君にはふさわしくないと思うね」と切り捨てた。私は彼に説明しようと試みた。ティエリーは私が十一歳から十二歳の頃に大好きだった人であり、アントワーヌはとても気の合う友人で、芝居に連れて行ってくれたり、文学について大激論を交わしたりする相手であり、ジュールは……。「どうでもいいよ。そういう若い男たちは」。彼は手をさっと一振りして、私がなおも言おうとすることを、まとめて払いのけてしまうのだった。

けれども、彼がもっと気をもんでいたのは、私がほかのもう少し年上の人たちと付き合うことだった。マリー＝フランソワーズとブリュノという、私にとってはとても大事な友人の夫婦について、以前彼に話したことがあった。二人に会ったのは、父が亡くなった後だ。ブリュノはフランス・ソワール紙の記者で、マリー＝フランソワーズは二人の間にできた小さい一人息子を育てていた。二人とも二十五歳で、自由人の魅力があり、何事にも好奇心旺盛で、いつも急かされているように生きていた。彼らのおかげで、私はカルチェ・ラタンのカフェや映画館や、サン＝

ジェルマン＝デ＝プレのバーなど、私の家族とは正反対の世界を発見することができたのだった。この最後の点が、ロベール・ブレッソンにはとくに気に入らないようだった。「そういう付き合いは若い娘にとっては危険なものになることが多い。君のお母さんはそのことをわきまえて、そういう連中との付き合いを禁じるべきだ」と彼は言った。私は反論した。母も二人のことが大好きなのよ。マリー＝フランソワーズはお姉さんみたいに私のことを守ってくれるし、夜遅くなってまだ私が帰らないで、ちょっと、そう、危険……になりそうなときには、すぐに家に送り返されるし。時には厳しくしかりつけられることもあるのよ、ちょっと私が……。それに、彼女は私がまだ……なのが残念だなんて言っていて、私が、あの、そうじゃなくなるときが楽しみだなんて……。私は言葉につまり、もごもごと口をにごし、話を元に戻そうと焦った。愚かにも私はたった今、自分でもよくわかっていない、だが現在の不満な状態のもとになっている自分の生活のある領域の中に踏み込んでしまったのだった。何かどんよりとした満たされない気持ちが日々つのり、時には、ようやく自分が存在するようになったというあの幸福感を台無しにしてしまうこともあったのだ。幸いなことに、ロベール・ブレッソンは、たぶん私の打ち明け話に飽き飽きしたのだろう、私の唇に指を当てて黙らせ、最上級の甘い声で、「もう二度とそういう平凡な人たちのことは話すんじゃないよ。君はとても素直で素朴だから、そういう人たちが持ってもいない美点をあるかのように飾り立ててしまうんだ」。それからそっけない口調でこう言った。「彼らは君には年寄りすぎる。会わないようにしなさい」

その日、空はどんよりと曇って低く、ひどい暑さだった。明け方から降り出しそうに見えた雷雨は訪れず、ランド地方ではこの夏一番の暑さになりそうだとのことだった。

ロベール・ブレッソンは、待ち合わせ場所に学士院の前を指定していた。私が映画の中で着る服を一緒に探したいと言うのだった。私は彼に会うのが待ち遠しく、同時に何かよくわからないものに押しつぶされるような不安を感じていた。私たちは祖父母の家で昼食をとっていたが、食後のコーヒーを飲み下すやいなや、私は急いで席を立とうとした。とそのとき、祖父が引き止めた。

「お前は今でもまだ日記をつけているだろうね」

「ええ。どうして」

祖父はうれしがって目を細めた。いたずらっぽい考えがひらめいたときの祖父の癖だった。

「よろしい。とにかくそれは続けるんだ。きちんと、毎晩寝る前にね。映画の撮影日記というのはさぞ面白いものになるだろうからね。それに……もしあのブレッソン氏がけしからんことをし始めたら、お前にとって日記を書くことが最高の武器になるだろう。ピカソの妻だったフランソワーズ・ジロが、最近、二人の生活のことを語った本を出版しただろう。飛ぶように売れているそうだよ！　愉快な復讐じゃないかね！　まったくすばらしい復讐だよ！」

祖父は笑い、そこに集まっていた家族のみんなも笑った。私は祖父のシニカルな冗談にショックを受け、一言も言わずに立ち上がり、部屋を出た。私はきっと滑稽だったのだろう、玄関まで出たところで、笑いがさらに大きくなるのが聞こえた。その後十五分ほどのあいだ、私は家族みんなを嫌いになった。

学士院の近くまで行くバスに乗ったとたん、雷が鳴った。どしゃぶりの雨も落ちてきて、景色がかき消されて見えなくなった。かすかにセーヌ川や河岸が見分けられた。あちこちで車がクラクションを鳴らし、数珠つなぎの渋滞になって、信号を無視し始めた。時間が経つにつれて、バスは渋滞の中をゆっくりとかきわけて進んだので、私はあやうく停留所を乗り過ごすところだった。

ポン・デザールを渡っていると、嵐の真っ最中に増水した川の真上に自分がいるような気分になった。向かい風がびゅうびゅう吹き、まばらな通行人を押し飛ばしていた。舞い上げられた傘が一本、空高く飛んでいた。

ギャラリー・カティア・グラノフの前で待っていると言われていたのに、行ってみると誰もいなかった。私は頭の先から足の先までびしょぬれで、おまけにまったくの一人きりだった。雷雨は激しさを増し、私は雷が鳴るたびに飛びのきながら、学士院の前に停めてある車のあいだをジグザグに進んだ。どうしたらいいのかも、どこに避難すればいいのかもわからなかった。突然、一台の車のドアが小さく開いて、彼の声が聞こえた。

「入りなさい。早く」

私は彼の隣に大急ぎで乗り込んだ。彼にまた会えたという喜びと、こんな格好で出会ってしまった恥ずかしさで、うまく言葉が出なかった。私の全身はずぶぬれで、あっという間に助手席のシートと足元の床が水浸しになってしまった。彼はドアを閉め、かなり不機嫌な様子で、責めるように言った。

「もう来ないかと思ったよ」

ところが、私がくしゃみをしているのを見て、彼の眼差しが変わった。

「おいおい、風邪をひきそうじゃないか、病気になったりしたら……。君を迎えに行かなかったことを私は一生後悔してしまうよ」

私は体中ががたがたと震えていた。彼は自分の上着を脱いで、私に差し出した。

「そのブラウスを脱いで、これを着なさい。病気になったりしちゃだめだからね。私の映画のことを考えてくれ」

ブラウスを脱ぐ！　彼の前で服を脱ぐ！　そんなこと、できるわけないじゃない！　彼はそうするのが賢明だと私に言い聞かせようとした。恥ずかしいなんて、そんなバカみたいなことにこだわってちゃいけない。言うことを聞きなさい。私がいつまでも拒否しているので、彼は強制的にブラウスの一番上のボタンをはずそうと手を伸ばしてきた。私はドアに飛びつき、大雨や雷もかまわず逃げ出そうと身構えた。状況に驚いてすっかり気が動転していた。

「怖がらないでくれ……。もう君に触ろうとしないから。約束する」

彼はまた優しい調子に戻り、私をじっと見つめていた。それから、まるで子どもをあやしたり、安心させようとしている人のように、私におだやかに話しかけた。彼は私がそれまで一度も聞いたことがないような言い回しや褒め言葉を使った。私は「感動的」で「純粋」で「稀有」だと言った。「ずっとそのまま変わらないでほしい」というのが、彼がもっとも繰り返したフレーズだった。彼の言葉にあやされ、私は奇妙で心地よいやわらかさに浸されるのを感じていた。嵐は過ぎ去り、もう雨はほとんど降っていなかった。外ではまたふだんの生活が動きはじめていた。彼は私のブラウスを指差し、ふつうの調子に戻った声で尋ねた。

「これは君のかい」

私はうなずいた。カシャレルというブランドで、その年、多くの女の子が着ていた、リバティの花柄の服地を使った、襟が丸くなったものだった。

「それを大切にしなさい、映画の中で着てもらうから。それにそのマリンブルーのスカートも。穀物商の家のシーンにぴったりだ……。さあ、それじゃあ外に出てほかの衣装を探しに行こう。サマリテーヌに行くよ」

私は、まだ濡れたままだけど、と彼に言った。

「それがとてもいいんだ。そのまま出てごらん」

それまで私が生きてきた中で、彼と一緒にサマリテーヌで過ごした時間ほど、大笑いしたことはなかった。周りの人はみんな私たちを見て、啞然としていた。まずは私たちの組み合わせが異様だった。年をとった上品な紳士と、すごく若く、おまけにまだ濡れていて髪も服もぴったりと体に張り付いている娘。それから彼の求める品がまた奇妙だった。彼は作業着やエプロンとか、何か「田舎っぽい」もの、「農民風」のものを欲しがったのだ。接客してくれた売り子は承知せず、「流行」のサマードレスをあれこれしつこく見せようとした。彼は頑として応じず、慇懃《いんぎん》に拒絶した。自分の思い描いているイメージに合わないものにはまったく関心がないようだった。突然、彼は立ち止まり、私にタータンチェックのエプロンドレスを指差した。彼の求めに応じて、私は試着室に入り、再び彼の前に姿を現した。

「すばらしい！　ぴったりだ！　見事だ！」

彼はにわかに興奮し、私に歩くよう要求し、遠ざかったり戻ってきたりするように言った。鏡に映った自分の姿をちらっと見てみると、そのエプロンドレスはひどかった。ぶかぶかで、まるで仮装でもしているようにしか見えなかった。だがそんなことはどうでもよかった。大事なことは彼が喜びを表しているということであり、その原因が私だということだった。その状況が滑稽だということだった。店員が割って入って別の服を勧めようとすればするほど、彼は私がいま着ているものに興奮し、大声で褒めちぎって、ほかの客にまで同意を求めるのだった。私は彼の望むまま、何度も行ったり来たりを繰り返してあげた。今にも大笑いしてしまいそうで仕方がなかった。人が群がり始めていたが、すっかり夢中になっている彼はまったく気がついていなかった。応援に呼ばれた売り場の女性主任がやってきたとき、滑稽さは頂点に達した。

「お客さま、お孫さんにはもっとよい服がございますよ。これではむしろみっともなくしているようじゃありませんか。私でしたら、たとえばこちらの……」

こともあろうに、女性主任は彼を私の祖父だと思っているのだ！　彼も気がついただろうか。たぶん耳に入っていなかっただろう。だが、その主任をものすごい目でにらみつけたので、彼女はそれ以上押し付けず、来たときと同じすばやさであっという間に消えてしまった。「あの女たちはバカだ」と彼はつぶやいた。しばらくたってから、今度は混紡織の大きな――私のサイズより三倍は大きな――男性用セーターを選び、もう一度自分の前を歩いてくれと頼んだ。そうすると彼はまた興奮し、喜んで喝采するのだった。「すばらしい！　ぴったりだ！　見事だ！」店員は黙り込んでいた。私たちの奇妙な、というかむしろ破廉恥なふるまいに、完全に戦意を喪失してしまっていた。ああ、なんて楽しかったことか！

翌日の朝も同じだった。

その当時、私はうちの一族の女性がみんなそうであるように、髪を短くしていた。永久に明らかにされることのない理由によって、髪を長くすることは好ましくないとされていたのだった。この強制条約を守らない私の年長のいとこたちは、厳しく非難された。私自身、一度伸ばしてみようとしたことがあったが、すぐに抑えつけられた。だが、この一族のしきたりは、ロベール・ブレッソンには不評だった。私のことを「都会的」すぎると言い、もう少し「田舎っぽさ」がなければいけないと、彼は電話口で手短に説明した。

「アレクサンドルに頼めばきっとなんとかしてくれるだろう」

「アレクサンドルって、あの有名な美容師のアレクサンドル？」

「もちろんだ。ほかに誰がいるかね。正午にフォーブール＝サン＝トノレの彼の店の前で落ち合おう」

それから、ちょっといらだった口調で、

「時間に遅れないようにしなさい」と付け加えた。

私は有頂天になって電話を切った。アレクサンドルだなんて！　私は映画が大好きで、パリ・マッチやジュール・ド・フランスなどの雑誌を読んでいたし、こっそりとシネモンドやシネルヴュも読んでいた。私は映画も好きだったけれど、それと同時に女優や男優を見るのも好きだった。マスコミやラジオ、テレビを通じて、私はスターたちの仕事や私生活を追いかけていた。サイン帳にサインをしてもらうために、何人かの後をつけたり、劇場の出口や彼らの家の前で待ち伏せしたりしたこともあった。フィガロ紙の文芸欄に批評家として原稿を書いていた伯父のクロード・モーリヤックは、カンヌやヴェネチア映画祭のことを私に話してくれ、プログラムや写真をくれたりした。映画に関する私の教養は、単なるミーハーの域を出ないものだったが、まさにそういった知識に長けた私は、一流スターたちの通う美容師が、アレクサンドルかカリタ姉妹だということをちゃんと知っていたのである。そのアレクサンドルに、私はこれから会おうとしているのだ！

その店に足を踏み入れたとき、私は初めてロベール・ブレッソンの家を訪れたときよりも、もっと緊張して、もっとわくわくしていた。お客さんはみんなスターじゃないかしらと思って、ゆっくりと歩きながら、左右をまじまじと見た。誰か知っている有名人はいないか確かめようとしたが、無駄だった。みんなオカマドライヤーをかぶっていたり、髪の毛を逆立ててカーラーやロッドを巻いたりしているのだから、わかるはずがない。「なにをぐずぐずしているんだ」とロベール・ブレッソンがいらいらして言った。

私は大きな鏡の前に座らされ、アレクサンドルがやってきた。優しくて、気配りのある人だった。彼とロベール・ブレッソンはかなり前からの友人らしく、すぐに親しそうに話し始めた。アレクサンドルは私の頭をいじり、いくつか提案をした。あっという間に二人の意見は一致した。私は、簡単に固定できる作り物のポニーテールをつけることになった。アレクサンドルは、私の髪をちょっと短くしてそれから試してみようと言った。

若い娘が一人やってきて、髪を洗うために私を連れて行ってくれた。いくつかの部屋を通り抜けたが、残念ながら一人もスターには会わなかった。簡単にシャンプーしてもらってから、私はまた大きな鏡の前に戻った。アレクサンドルは、何回かハサミを入れるだけで、見違えるような髪型にしてくれた。切り取った髪を一房、別にとっておいて、これは「色のため、正確に同じ赤毛を再現するためだからね」と説明した。また別の若い娘がやってきて髪を乾かしてくれ、さらに三人目の若い娘が付け毛をいくつか持ってきた。アレクサンドルはその中から一つ選び、付け毛の中に付いた櫛と何本かのヘアピンを使ってそれを固定した。

「子どもでもできる。こっちにきて君も試してみろよ」

ロベール・ブレッソンは自分でも挑戦し、ほとんど手間取らずにやってみせた。

「簡単だ！」と彼ははしゃいだようにうなずいた。

「色をちゃんと合わせれば、みんなこの子はロングヘアだと思うだろう。で、メイクはどうする。もう考えてあるのかい」

「メイクだって？　私が絶対メイクなんか使わないことは知ってるだろう。このままのこの子がいいんだよ。素肌のね」

「君がほかの人と同じことはやらない男だってことを忘れていたよ」

二人の男はそれからもしばらく親しげなやりとりを続けた。何人かの名前が出てきたが、どれも私の知らない名だった。彼らの話を聞きながら、私はそこにいることに喜びを感じていた。鏡に映っている自分の新しい姿に満足し、たった今、自分が変身し始めたことを意識していた。彼らは一度も私の意見を聞こうとはしなかったけれど、それはちっとも気にならなかった。この数週間のうちに、何が私に似合うのか、私よりロベール・ブレッソンの方がよく知っているということを理解していたからだ。私が誰か、ということを知ってくれているらしい人のそばにいるのは、とても心の休まることだった。

そう、撮影に入る前の数週間、ロベール・ブレッソンと一緒にいて、私は楽しかった。彼はよく私を戸惑わせ、ときどき怖がらせ、そしていつも驚かせてくれた。彼の言うことが理解できないこともあったが、それでも私は熱心に、魅了されながら、耳を傾けた。笑わされたときには、彼の意図に反して笑ってしまったのか、それとも彼が笑わせようとしているのか、判断がつかなかった。けれども彼と一緒にいて、私は実によく笑った。

ある日の午後、彼はシャンゼリゼのとある映画館で公開されている自分の一番新しい映画「ジャンヌ・ダルク裁判」を見せたいと言った。劇場はほぼ満席で、私たちは真ん中あたりに座った。ライトが消えたとたん、彼は私の手を握ってきて、小声でいくつかのシーンについて説明を始めた。それらのシーンがどうしてほかよりも特にうまくいっているのかを解説し、それらをよく鑑賞するように言い、ついでにこぼれ話をいくつか付け加えた。彼はひっきりなしにジャンヌのことを口にし、うっとりとした様子で「かわいらしい、すてきな若い娘」と呼んだ。さらにジャンヌを演じるフロランスのことも「実に見事で、真に迫っていて、ぴったりだ」と言った。私の手を握る力がさらに強くなり、感動していることが伝わってきた。私もまた感動していた。私一人にだけ向けられたこの映画講義は、とうとう近くにいる観客たちを怒らせてしまった。あちこちから静かにしろという声が起こった。しかしそれが果たして彼に聞こえていたかどうか、そもそも周りにいる観客たち、ただ自分の好きな映画を擁護しているだけの無名の観客たちの存在に彼が気づいていたかどうかさえ、怪しかった。私たちは透明な膜につつまれ、隔離された泡の中に入っていて、誰ひとり、そして何ひとつ、私たちに触れることはできないのだった。彼にとって、ほかの人たちなど、端的に存在していなかった。

ときどき、彼の視線は映写された映像から離れて、私の方に向けられた。映画を見る私を見ているのだろうか。何を考えているのだろうか。私は気づかないふりをして、スクリーンをじっと見つづけた。だが突然、彼の手が私の手から離れ、優しくそっと私の手首や二の腕をなで始めた。私は困惑し、身を固くした。動くこともできず、自分が何を感じているのかさえわからなかった。相手の顔が近づいてきて、唇が私の頬をかすめた。「君もそうだよ。君もきっとすてきになるだろう……」と彼はささやいた。それからまた元の姿勢に戻り、自分の映画の素晴らしさ、フロランスの美しさについて、一人でしゃべり始めた。まるでなにごともなかったかのように。もしかして私は夢でも見ていたのだろうか。幸い、そのとき突然、逆上した声が聞こえた。

「おい、いいかげんにしてくれよ、そこの人。みんな迷惑してるんだ、黙ってくれないか！」すぐにまた別の激しい声が続いた。「でなきゃ出て行ってくれないか！」それが自分に向けられたものだということを理解したときのロベール・ブレッソンの顔！　そのいかにも心外だという様子を見て、私は噴き出してしまった。彼は場内の暗がりに隠れて見えないその二人の観客の方に向かってはっきりした大きな声で叫んだ。「君たち非常識じゃないか！」それから私に向かって優しくささやいた。「だろ？」そして私の返事も待たず、再び私の手を取った。私はもう今起こったことを忘れてしまっていた。何があっても味方だというしるしに、彼の手を握りしめた。その間、フロランス演じるジャンヌ・ダルクは泣きじゃくっていた。「私、死んでもいいわ。でも焼かれるのはいや。私の体はけがれてなんていない。この体を消滅させたくないの。灰にしてはだめよ」。もうすぐ映画は終わろうとしていた。スクリーンから目を離さず、彼は唐突に言った。「明日、十四時、準備を整えて、家の前の通りに出て待っていなさい。アシスタントが迎えに行き、ギュイヤンクールまで連れて行ってくれる。そこで撮影が行われるんだ。役者全員を集めてもう一度カメラテストをしたい。今度は外で、自然光でね」

翌日、言われたとおりの時間に、若い男の人が一人、私の家の前で車に乗って待っていた。ほかに三人の男性が後ろの席に窮屈に押し込まれていた。私が助手席に座ると、運転席にいるその若い男の人は一人ひとりを紹介してくれた。彼はチーフ助監督で、私はヒロインのマリー、そして後ろの三人は不良少年、いわゆる当時の言葉でいう「黒ジャンパー」たちだった。一番年上の人がジェラールを演じることになっていた。グループのリーダーで、ヒロインを誘惑する役柄、ロベール・ブレッソンが定義するところの「悪の精髄」だった。私たちは四人とももう契約書にサインしていたから、カメラテストは純粋に技術的な調整に関してのもので、誰も心配する必要はなかった。ただほんの少しピリピリした空気が流れていた。たぶんみんな新しい経験を前にして、興奮していたためだろう。

車は高速道路をヴェルサイユ方面に進んでいた。車内は陽気で、日差しの降り注ぐその夏の日の午後のイメージそのままだった。私たちはひっきりなしに煙草をふかし続け、これから私たちを待ち受けているものについて、映画全般のことについて、あれこれ質問した。チーフ助監督は気さくに答えてくれた。彼が卒業したというパリの国立映画高等学院での勉強のことや、最近どんな仕事をしたかということ、それからこの映画の準備のこと。この映画について話すとき、彼はちょっと得意げに「僕たちの映画」と呼んでいた。女性プロデューサーのマグ・ボダールや製作主任、ほかの出演者や技術スタッフのことも手短に紹介してくれた。とくに撮影監督のギラン・クロケについてはやや踏み込んで説明し、ロベール・ブレッソンとの関係がよくないようだと言った。彼はどちらの人物の才能も称賛していて、なんとかうまくいってくれればと願っていた。「絶対にそうならなくちゃいけないんだよね。僕たちが作ろうとしている映画はすごく重要なものだから」。私たちが何も反応を示さないのを見て、彼はこう付け加えた。「ブレッソンは天才だからさ！」

ジェラールを演じることになっていた男性は初めからずっと皮肉な笑みを浮かべていたけれど、その言葉を聞いても冷淡なままだった。

「あんたの言うその天才には、どう呼びかければいいんだい。ムッシュウ？　それとも先生《メートル》？」

「ムッシュウ、でいいと思うよ」

チーフ助監督は困惑しているようだった。彼は私の方を振り向いた。

「君は、彼のことをどう呼んでいるの」

少し前から、ロベール・ブレッソンはファースト・ネームで呼ぶようにと言っていて、私もそれがうれしかったけれど――フロランスといわば対等になったわけだから――、まだそうする決心がつかないでいた。とくに周りに人がいるところでは。ともあれ、私はそうした状況であるということをみんなに説明した。チーフ助監督は考え込んでしまった。後ろでは、三人の男性たちが何やら私にはよくわからない含み笑いをもらした。だがそんなことはどうでもよかった。私の周りを囲む四人の男たちは、みな見栄えが良くてかっこいい人ばかりだった。みんな二十代で、その頃まさにビートニクと呼ばれていたような感じの若者たちだった。それがどれほどわくわくすることだったか！

わくわくすることといえば、撮影の行われる家の周りを覆っていた高揚した雰囲気もそうだった。その家に行くには、敷石で舗装された古い中庭を通っていくのだが、そこは一時的に駐車場として使われていた。フジの木がからまるアーチをくぐると、庭園の端に出るのだった。たくさんの人が家の裏側に集まり、カメラとロベール・ブレッソンを囲んでいた。私たちの到着が知らされると、彼は出迎えにやってきたが、不機嫌な様子だった。

「ずいぶん時間がかかったじゃないか！　道に迷ったのか」

「いえ、監督《ムッシュウ》……」。チーフ助監督が口ごもった。

ロベール・ブレッソンは三人の不良少年役の青年たちとすばやく握手を交わし、相変わらずチーフ助監督に向かって言った。

「彼らはセリフを覚えているだろうね。アンヌと話しているあいだ、彼らにリハーサルさせておいてくれ」

彼が私の名を口にするその発音の仕方には、いつもと変わらず、この世のありったけの優しさがこめられていた。彼は私の腕をとって、みんなから離れた、大きな木に挟まれた並木道のところに連れて行った。

「撮影のあいだじゅう、毎日私と一緒にいてほしい。君の出番がないときでもだよ。わかったかい。いいね。約束してくれるね」

その甘ったるい声と眼差しの執拗さと私の腕にかかっている彼の手の力が、いつもと同じ魔力を発揮した。私はどんなことにでも、ただ「はい」と答えた。そのあいだ、彼はもうすぐ始まる私たちの共同生活がどんなふうになるかを詳しく説明していた。

「君と私は管理人の夫婦と一緒にこの家に住むんだ。食事は全部その夫婦と一緒にとる。スタッフたちは別のところだ。君は知らないだろうけど、ああいう大所帯で一緒に食事をするのはひどく疲れるからね……。うんざりするし、私は集中する必要もあるからね……。撮影は庭園で行う。それから厩舎とこの村の周りでね。大体一ヶ月半ぐらいだ。そのあと、ピレネーの本当の山の中に行く」

私の腕にかかっている彼の手の力が、不意に強くなった。

「あいつだよ」と興奮した声でささやいた。

草原の中、一頭の大きな暗褐色のロバがマロニエの木陰につながれて、じっと私たちを見ていた。巨大な黒い目の周りは、明るい色の毛で上品に覆われていた。ほっそりしたきれいな顔の先には、真っ白な鼻がすっと伸びていた。私たちが近づくと、ロバは身震いした。

「ポワトゥーのロバだよ」とロベール・ブレッソンは説明した。「カメラ写りのよさで選んだんだ」

彼は呼びかけた。

「バルタザール、いい子だ、おいで！　さあ、バルタザール」

だがロバは、疑りぶかそうな、気分を害したような様子で、すぐにそっぽを向いた。

「バルタザール！」ロベール・ブレッソンはもう一度呼んだ。

するとロバが木の下に移動し、私たちに背を向けてお尻を見せるような姿勢になったので、彼は「こいつ聞いてないな。おれに見向きもしない！」と嘆いた。

家の近くの庭園の端の方にベンチがあって、そこに私たちは代わる代わる座って自分のセリフを読まされた。相変わらず「罪の天使たち」のセリフだった。私が最初だったので、ロベール・ブレッソンの合図とともに、暗記していた対話を開始した。

——私、なぞなぞは知らないけど、答えのわからない謎ならひとつ知っているわ。家具の上にほこりがたまるのと、魂の上にほこりがたまるのと、どっちがまし？

三回繰り返させられ、それから今度はセリフなしの調整が何回か行われた。それを指揮したのは最初のカメラテストのときのホッキョクグマ、ギラン・クロケだった。相変わらず愛想のいい笑みを浮かべ、ほとんど友達のように気さくだった。「照明の調整をしているからね」と彼は親切に声をかけてくれた。前に露出計だと教えてくれたあの例の機械を私の顔の周りで動かしながら、こう言った。「君はとてもよく映るね。本当にいいよ」「何が？」「光だよ」。この短いやりとりにロベール・ブレッソンはいらだった。

「時間がかかりすぎだ、引き延ばしているだろう……」

「そんなことはありませんよ、監督」

数分後、チーフ助監督がやってきて、もう終わったから、もしよかったらパリまで誰かにまた送らせますと言った。終わり？　もう？　このベンチで一日中でも過ごしていたいくらいだったのに！　私はまったく奇跡的なまでにくつろいだ気分になっていた。みんなから注目を浴びることで気が大きくなり、撮影隊のさまざまなメンバーや、私にはまだ謎めいていた彼らの仕事を観察するにも絶好の位置に座っていたからだった。だがロベール・ブレッソンは、冷ややかな口調で厳かに助監督をしかりつけた。

「何の権利があって君はそのような指示を出すのかね。私がそんなことを君に頼んだか。アンヌは私と一緒に帰るんだ。今日一日が終わってからね。それまで彼女は私のそばで撮影を見ていればいい。折りたたみ椅子をこっちに持ってこさせたまえ！」

そうして彼が決めた通りになった。私はおとなしく彼の隣に座り、映画のほかの出演者のさまざまなテストを見学した。だがどの人も同じシーン、同じ言葉を演じるのだった。若い男の人や年配の男の人がアンヌ＝マリーのセリフを読み上げ、その前でロベール・ブレッソンが真剣な集中した態度で修道女ドミニックの役を演じるのを聞くのは、不思議に魅惑的な体験だった。作家のピエール・クロソウスキーの番がくると、その情景のあまりの奇妙さに、私は噴き出さずにはいられなかった。

「カット！」ロベール・ブレッソンが命じた。

彼は私の方に身をかがめ、面白がっているような、共犯者めかしたような口調で言った。

「いい子だから、静かにしていてくれるかね。彼にとっては、これは君がやったときよりもずっと込み入っているんだから。いいね」

私はささやくように、はいと言った。恥ずかしさで真っ赤になってしまった。

「静かに！」

「スタンバイ！」

「回りました！」

「ハイ、ヨーイ！」

「バルタザール、穀物商のテスト、テイク2」

「アクション！」

――私、なぞなぞは知らないけど、答えのわからない謎ならひとつ知っているわ。家具の上にほこりがたまるのと、魂の上にほこりがたまるのと、どっちがまし？

ピエール・クロソウスキーの外見と、ちょっと気取ったその言い回し、しわがれた声、さらにベンチの上に斜めに腰かけたその座り方と、私も暗記しているセリフ、もう限界だった。渾身の力で我慢していたにもかかわらず、爆笑してしまった。

「カット！」

ロベール・ブレッソンは、最初は優しく、それから少し冷たく、「その子どもじみたまね」をやめてもらえないかと言った。だがどうしようもなかった。私は頭を下げ、手を口に当てて、肩を震わせながら笑いつづけた。どうしても止められなかった。威圧するような沈黙が私たちを包み、全員にピンと緊張が張りつめた。そのことを私は完璧に意識していた。誰も動かなかった。

「いったい君はいくつになるんだね、え？」

私はもう通常の呼吸を取り戻しかけ、落ち着こうとしているところだったが、このなんでもない一言で、またしても狂ったように笑い始めてしまった。今度はほかのところでもぽつぽつと笑いが起こり、それはさらに広がっていった。今や全員が笑い転げていたので、ロベール・ブレッソンは私を立たせ、いかにも学校の先生然とした口調で言った。

「庭の方に行って気持ちを落ち着かせてきなさい。でもすぐに戻ってくるように。あんまり長く離れていてほしくないからね」

そして、相変わらずベンチの上で待っているピエール・クロソウスキーに向かって、

「さあ、背筋をしゃんと伸ばしてくれ！　何なんだ、そのブドウの株みたいにねじ曲がった姿勢は。私がそんな姿勢をしているかい。さあ。スタンバイ！」


「火はいりますか、お嬢さん」

私は手が震えて、タバコに火をつけられなくなっていた。ギラン・クロケは私の後について庭園の小道まで来て、ライターで火をつけ、それから私がタバコを吸うのを黙って見つめていた。目にはいたずらっぽい光と、寛大さが宿っていた。この丸っこくて、ちょっとのっそりした男性からは、なにかしらとても人懐こい、包み込むような心の広さが漂っていて、このとき私ははっきりと、この人とは友達になれると感じた。

「あなたの大先生は、ちょうど今クロソウスキー氏にかかりきりのようだし、僕のライティングの調整も終わったところだから、この機会に撮影隊のスタッフを何人か紹介するよ。ふつうは

そこから始まるものなんだけどね。いや、つまり、ほかの映画ならね……」

　こうして私はこっそりと、カメラマンのジャン・シアボー、撮影助手のエマニュエル・マシュエル、スクリプターのジュヌヴィエーヴ・コルティエ、それからほかの二人の助監督と知り合いになったのだった。みんな私を温かく迎えてくれた。「われわれはみんなブレッソンと仕事するのは初めてなんだ。だから、その点では君と同じってことさ」と彼らは優しい言葉をかけてくれた。草原の中、マロニエの木の下にいるロバのバルタザールは、こうした人間の騒ぎにはまるっきり関心がないようだった。その無関心ぶりがあまりに徹底しているので、ギラン・クロケはちょっと心配しているようだった。「あいつには相当苦労させられそうだな。先が思いやられるよ……」

　パリへの帰途に着く頃には、日は傾き始めていた。私はロベール・ブレッソンと二人きりだった。彼は満足して、上機嫌のようだった。「バルタザールどこへ行く《オ・アザール・バルタザール》」というのは、東方の三博士であるバルタザールの末裔と称するボー＝ド＝プロヴァンスの伯爵たちの家銘《モットー》だと教えてくれた。知っていたかい。いいえ、まったく。私は彼の話に耳を傾けていたが、頭の中ではまだギュイヤンクールの庭園にいた。映画の撮影隊と一緒にいた。今では自分もほとんどその仲間に入ったような気がしていた。私は一人ひとりの顔を思い浮かべ、彼らの名前と新しく聞いた言葉を反惚していた。新しく聞いた、業界の言葉づかいにすっかり魅了されていた。

「何を言っているんだい。はっきり口に出してごらん」

私は自分でも気がつかないうちに低い声で独り言を言っていたらしい。

「こう言ってたの。夢のような、すごく、すごくすてきな一日だったって！」

「夢のようにすてきなのは君の方だよ……」

私の家の前まで来ると、彼は縦列駐車の車の外側に重ねて自分の車を止めた。もうほとんど夜になっていたが、母と弟と私が住むこの小さな通りには、まだ街灯の明かりがともっていなかった。彼の顔が私の顔にゆっくりと近づいてくるのを、見るというより気配で感じた。彼の唇が私の頬に触れ、私の口に近づいてきた。私はそれを避けて、急いで車のドアを開けて飛び出した。彼はすぐに車を動かし、私は心臓がどきどきしたまま、歩道に残された。不意に、心の奥深くがざわついていた。このところ、私たちが別れるときにはよくこんなふうになった。そして、そのたびごとに私の気まずさは増していくのだった。この気まずさを自分でもどう名付けたらいいのかわからず、誰にも話すことができなかった。それは恐れや恥ずかしさ、ひきつけられるような魅力と欲望に結びついていた。でも私は何を欲望していたというのだろう。

「アンヌが映画に出るなんてねえ！」

私がロベール・ブレッソンのことや、カメラテストのこと、映画の準備のことを話すようになってからもうひと月以上になるのに、マリー＝フランソワーズはまだ完全には信じきれずにいた。彼女にとって、私はまだ二年前に出会ったままの臆病で鈍臭い小娘からそれほど変わってはいないのだった。二年前、彼女とその夫ブリュノに出会うなり、私はすぐに彼らにべったりになり、彼らもまた私をいわば養女のように受け入れてくれたから、そのイメージが抜けないのだろう。「早く大人になりなさい。早く私たちの側にいらっしゃい！」と今では彼らは口癖のように繰り返していたけれど、彼らの言わんとするところが、私には理解できないままだった。

マリー＝フランソワーズは荷物をまとめ、五歳になる息子とブルターニュに出かけようとしていた。夏のヴァカンスが始まったところで、九月の頭まではパリには戻ってこない。ブリュノは七月の終わりに二人に合流することになっている。去年、私はそんなに長いあいだ彼女から、この家族から、離れていなければならないのが、さびしかった。今年は違った。さびしいというよりも、もうどうしたらいいのかまるっきり途方に暮れていたのだ。私はいつにもまして、なおいっそうマリー＝フランソワーズの存在を必要としていた。彼女の助言を必要としていたのだ。彼女は二十五歳で、成熟した大人の女性としての生活を送っていた。あらゆることに意見を持ち、それを歯に衣着せずにずばずばと口にする女性だった。

ヴォルテール河岸の彼らのアパルトマンの中を、彼女はジタンのタバコをくわえ、陽気にしゃべり続けながら、行ったり来たりしていた。動作はすばやく、きびきびとしていた。私は居間のソファにだらしなくもたれかかって、ものも言わずに彼女を見つめていた。

「どうも調子が出ないみたいね」

私を見る彼女の目が心配そうになった。

「そうそう、ところで……」

彼女はキッチンの方に姿を消し、大きなプレートを持って戻ってきた。

「ちょっとピクニック気分でお弁当を作ってみたのよ」

彼女は低いテーブルにサンドイッチをいくつか載せ、二つのグラスに白ワインを注いだ。その一つを、有無を言わさぬ調子で私に差し出した。

「何を悩んでいるの。まさか映画の出演を引き受けて後悔しているなんて言わないでしょうね！」

「ううん、違うのよ！」

「じゃあ何よ。何か困っていることでもあるの？」

相変わらずの率直さで、マリー＝フランソワーズはまっすぐに核心に迫ってきた。私は赤くなった。彼女が何を考えているかわかったけれど、それを口に出さないでほしいと思った。けれども、彼女はただ黙って白ワインを味わうだけだった。一匹のスズメバチが彼女の頭のまわりをぶんぶん飛んでいた。隣の部屋では、トランジスタラジオからビリー・ホリデイの歌が流れている。開けっぱなしの窓から、ヴォルテール河岸を通る車の騒音がかすかに上ってくる。私たちは食べながら、ヴァカンスのことや最近読んだ本のことなどを話した。だが突然、彼女は調子を変えた。

「アンヌは十八歳になったのよね。男の子が必要なのよ。オトコ、恋人がね。そうすればぐっと楽になるわよ」

彼女は姉のように愛情のこもった笑顔で私に笑いかけていた。私が何も答えず、黙って自分のタバコをせかせかとふかし続けていると、

「あなたの様子がおかしいのを、ブリュノと私が気づかないとでも思ってるの。今のあなたは、男のことになると何でもないことでもすごく敏感なの。ちょっとしたしぐさとか、視線とか。誰にでも、何にでも、ほいほいついていきそうな感じ。もっとはっきり言ってあげましょうか？こないだの晩、何人かの友人とここで過ごしたことがあったでしょ。みんな飲みすぎて、あなた

は私たちのベッドで寝ちゃったじゃない！　あなたはものすごくブリュノと寝たがってた。もう完全にどうぞって体を差し出してたって言ってもいいくらい！　それにブリュノの方もしたがってたのよ、実は。あの人がそう告白してくれたわ。ただね、あなたは私たちの友達だし、あなたのお母さんが私たちを信頼してくれてるし、おまけにあなたは未成年だし！　タンタンの冒険の『かけた耳』のオウムじゃないけど、『カランバ、うまく行かないもんだね！』ってところね」

　あの夜のことを持ち出されて、私は恥ずかしさで泣きたくなった。マリー＝フランソワーズの話を聞きながら、私は心地よいと同時に不快でもある思いをかみしめていた。けれどもあの時の記憶はあまりにも漠然としていて、夢だったようにも思えた。あれは本当だったのだろうか。私とブリュノが夫婦の寝室に二人きりでいて、もう少しで……。

「そんな顔しないで。そんなの全然変じゃない、当たり前のことなんだから！」

マリー＝フランソワーズはソファに来て私のそばに座った。彼女は笑っていて、私も一緒に笑わせようとした。私自身を、私たちを、人生全般を笑い飛ばしなさいよ、とその顔は言っていた。彼女のそのバランス感覚が、その寛容さが、そして物事に取り組むときのそのシンプルさが、私は好きだった。

「そうね」と私は言った。「カランバ、うまくいかないもんだね！」

サント＝マリー高校の友人たちも、ティエリーやジュールも、みんなヴァカンスに出発してしまった。彼らが最初に送ってきた絵葉書には、どれも私への愛情が綴られるとともに、「私の映画」の報告を待っていると添えられていた。残っていたのはアントワーヌ、その時期、私が一番親しくしていた男友達だけだった。彼はまったく私に言い寄ってきたりしなかった。私がまだ一度も恋をしたことがないことをよく知っていたし、私がもっと年上の、作家やジャーナリストのような男性を憧れの対象として遠くから眺めていることをよく知っていたからだ。アントワーヌはよく私をからかった。「君は年寄り専門だからなぁ……。ブレッソンだったら、言うことなしじゃないか！　彼何歳だったっけ。少なくとも君のおじいさんぐらいはいっているよな」。私は言い返した。「彼のことをそんなふうに言うのはやめて！」私たちはサン＝ジェルマン大通りをぶらぶらと当てもなく歩いていた。一緒にいられるのが楽しかった。天気がとてもよくて、カフェのテラス席は、若くてかわいい、露出の多い外国人の女の子たちでいっぱいだった。アントワーヌはそういう女の子たちの方を振り返って見ていた。私と同じように、彼もまた十八歳になったばかりなのだった。そして私たちは同じ問題に悩まされていた。これからの人生をどう生きていくのか、という問題だった。もしそのとき誰かが私たちに、二人は三十年後に再会し、私は本を書き、彼がそれを出版することになると言ったとしたら、私たちはとても驚いたことだろう。

ママの勧めで、私は一緒にレ島で一週間のヴァカンスを過ごすことになった。私をパリの自分の近くに置いておきたいロベール・ブレッソンは反対したけれど、ママは、撮影が始まる前に少し休んだ方がいいと判断したのだ。クランクインは七月二十日に予定されていた。この二ヶ月、ママはものすごく物分かりがよくて優しくなったので、私はママへの感謝の気持ちでいっぱいだった。

出発の前の日、ママは私をいろんなブティックに連れて行き、靴と革のショルダーバッグと洋服を買ってくれた。「撮影のためよ」と彼女はまんざらでもなさそうに言った。私たちは買い物に酔いしれ、この贅沢な一日をもっと長引かせたいと思った。二人ともそろって「アンジェリクはだしの女侯爵」が大好きだったので、しばらく前からポスターがかかっていたこの女侯爵のシリーズ第二作を見ることが自然に決定した。見終わって映画館を出るとき、ロベール・ブレッソンはこの選択をどう思うだろうという考えが頭をよぎった。「ジャンヌ・ダルク裁判」のあと、彼は「抵抗」と「スリ」を私にどうしても見せたいと言った。ふだん自分が好きになる映画とはまったくかけ離れていたけれど、私はどれもとても気に入っていた。ちょうどその日の夕方、しばしの別れのあいさつに彼が私の家に立ち寄って、撮影時の私の滞在についてママと最後の調整をすることになっていた。撮影のあいだ、私はヴェルサイユに近いギュイヤンクールの家に滞在する予定だった。

ママは彼としばらく話したあと、自分の部屋にこもって荷物をまとめ始めた。ロベール・ブレッソンはソファに座っている私のところにきて、私をじっと見つめた。あまりじっと見つめるので、私はとうといたたまれなくなった。

「映画を見に行ったんです。『アンジェリク2・ヴェルサイユへの道』」と私は言った。

「ああ、そう。それはどんなものなのかな。話して聞かせてくれるかい……」

彼は真剣に興味を持っているようで、私がはだしの女侯爵の冒険を物語るのをじっと聞いていて、時々「おお、それはすごい」と相槌を打った。ごく短い瞬間、彼の指が私の指をかすめた。それから彼は私の手をとって、何も言わずにそこに口づけをした。だがそのときママが居間に戻ってきて、弟もどこからかわからないが帰ってきた。夕食の時間が、そして別れの時間が、近づいていた。

「彼女のことをよろしく頼みます」とロベール・ブレッソンは戸口でママに言った。

「まるであなたの娘みたいですね」と弟が相手の舌足らずな口調を真似ながら付け足した。

彼はこの冗談が聞こえなかったようだった。束の間、私を腕に抱き、耳元でささやいた。「君と別れるのは、本当にさびしいよ……。君もそうだよね?」エレベーターが到着し、立ち去ろうとする間際に、彼はもう一度ママに呼びかけた。

「私がお願いしたことを忘れないでください。映画の必要上、アンヌは日に焼けてはいけません。ですから、太陽も、海水浴も、ビーチも一切なしですよ!」

「ビーチも一切なし?」

「ビーチも一切なしだ」

そして彼は立ち去った。急に元気に、機嫌良くなりながら。

私はすっかりしょげてしまった。母も同情して残念そうにしてくれた。弟だけは意地悪そうな笑みを浮かべていた。

「あんなのはただ姉さんを困らせるために言ってるだけさ。姉さんが行ってしまうから仕返ししてるのさ。日よけの帽子をかぶればいいだけだろ。誰も言ったりしないさ。バカだなあ、何もわかってないんだから!」

フェリーはレ島から遠ざかっていったが、私はまだママのシルエットと、その手の先のひもにつながれている愛犬のサリーのシルエットを見分けることができた。私は手を振り、投げキスを送ったが、ママは石になったようにじっと動かないままだった。別れる前、私はその大きな黒い目に、その無理に作った笑顔の中に、本物の悲嘆が含まれているのを見てとった。車に乗っているあいだ、私たちは二人とも同じくらい感極まっていて、ほとんど言葉を交わさなかった。今、フェリーがラ・ロシェルに近づくにつれて、私はママのことも、ママと過ごした一週間のことも忘れつつあった。それはもう過去のことだった。それはもう考える必要のないことだった。新しい生活が私を待っていた。それがどんなものかはわからなかったけれど、私の人生を深く変えてしまうものであることは確かだった。私はそうなることを知っていた。そうなることを望んでいた。周りでは、これからヴァカンスに出かける人たちが、何も気にせず、ビーチのことや、天気予報のことや、海に出かけることなどを話していた。その人たちを眺め、その人たちの話を聞きながら、私は自分が違う世界に属しているような気がしていた。バッグの中には、七月十日付けのロベール・ブレッソンからの葉書が入っていた。「君を待っている。きっと何もかもうまくいくよ。では木曜日に」。あとになって、私は理解することになる。その日、私は決定的に自分の子ども時代に背を向け始めたのだと。

ロベール・ブレッソンは二十四時間前からギュイヤンクールに到着していて、自ら家の中を案内して私を歓待してくれた。私たちの部屋はどちらも二階にあり、私が自分の部屋に行くためには、彼の部屋を通り抜けなければならなかった。浴室は共同だった。彼は心配してわざわざ私に尋ねた。こんなにすぐ近くで嫌じゃないかい？　奇妙に思われるかもしれないけれど、私は嫌ではなかった。本当に？　彼は念押しした。君は年頃の女の子だし、とても恥ずかしがりやだから……。彼を安心させるために、私は、自分の部屋にはもうひとつ扉があって、そこから木の階段で直接庭に出られることを説明した。だから私は気兼ねなく行き来できると。ところがそれを聞くと彼は怒りだした。「あの扉は鍵をかけたままにしておくんだよ！　夜中に誰か入ってきたらどうするつもりなんだ！」どうするつもりも私にはなかった。ロベール・ブレッソンが二匹の子猫を連れてきていたのを発見して、その喜びにすっかり心を奪われていたからだ。二匹のシャム猫は狂ったように私たちのあとを追って浴室についてきていた。「兄猫と妹猫だよ……。一週間前に女友達からもらったんだが、置いてくる気になれなくてね……」。そう言って彼は一匹を抱き上げると、キス責めにした。それを私の肩の上に乗せると、今度はタイルの上に這いつくばって、浴槽の下に逃げ込んだもう一匹を捕まえようとした。「猫ちゃん、猫ちゃん……」。まんまと捕まえると、起き上がって勝ち誇ったように叫んだ。「これは女の子の方だ！　やんちゃですばしっこいやつめ！」彼はその子猫にお説教し、愛撫し、抱きしめた。雌猫はのどをごろごろ鳴らし、幸せそうな表情を満面に浮かべている主人の顔に頭をこすりつけた。ロベール・ブレッソンが楽しんでいるところを見たのは初めてだった。ロベール・ブレッソンが大声で笑うところを見たのは初めてだった。

夕食のとき、この家の持ち主である夫婦、ジョジーとシャルリーに紹介された。自分たちの家を映画の撮影隊にお貸しできるなんて本当に喜んでいるんですよ、と彼らは言い合っていた。それから、お二人に泊まっていただけるなんて本当に光栄です、できるだけ快適に過ごしてもらえるよう何でもいたしますから、と言ってくれた。食事はとてもおいしく、気さくで上機嫌な彼らのもてなしもとても気持ちがよかった。私は何も言わずただ彼らの話に耳を傾けていた。私にはちょっと田舎臭くて古めかしいと思えるこの雰囲気の中で、ロベール・ブレッソンがこんなにくつろいでいるのが不思議だった。

食事が終わると、彼は一緒に庭を散歩しようと私を誘った。日が落ちて、鳥たちが木々のあいだを飛び交っていた。刈り取られたばかりの草の匂いがあたりに漂い、パリの近くにある私たちの家族の別荘を思い出した。そこには今、祖父母が滞在していて、もうすぐママも合流するはずだった。

ロベール・ブレッソンは、もうすっかり習慣になってしまったように、私の体に腕を回してきた。そして次の週のことを説明し始めた。初日は私の出番はなく、そのあとの数日もない。しかし現場に来て、自分のそばにいてほしい、と彼は言った。そうすれば、私の仕事のやり方にも慣れるし、撮影隊のみんなにも慣れるからね。この最後のところを、彼はまるで残念なことのように口にした。

時折、彼は話を中断して、鳥のさえずりを聞いてごらんと言い、その鳥の名を教えてくれた。近くにある教会の鐘の音や、遠くから聞こえてくる子どもたちの笑い声や歌声にも耳を澄ませるようにうながした。ほかにも彼は一本の木とか、花壇の縁が描く線の素晴らしさにも気づかせてくれた。それから彼は、撮影用に指定されている庭園の一画に私を連れていった。そこは美術監督が丹精を込めて、野生の状態のままに保つようにしていたところだった。私たちは通り道に沿ってゆっくりと歩いた。宵闇が迫ってきて、家の一階にはランプが灯っていた。彼のささやくような話し声がゆりかごのように私をあやし、私は彼の腕にすっかり体を預けているような気になった。私が突然身震いしたので、彼は驚いた。「寒いのかい！」彼は自分の肩にかけていたカシミヤのセーターをとると、私の首に巻いて、ぎゅっと抱きしめてきた。私はまた震え始めた。

「かわいい子だね」。彼の唇が私の唇を探した。それが耐えられなくて、私は彼を押し返した。彼は体を離し、まるでものすごい痛みを私から受けたかのように、つらそうな様子で私を見つめた。私たちはまた黙って家に戻った。重苦しい沈黙だった。私は自分が悪いことをした気がして、謝りたい、許しを乞いたいと思った。

「先に上がって寝ていなさい。私はもう少し庭にいてタバコを吸っているから。浴室は自由に使っていい。でも猫たちが逃げ出さないようにくれぐれも注意するんだ。扉をきちんと閉めておくこと。明日、朝食は七時半だから、遅れないように」

そして彼は背を向け、夜の中に消えていった。彼がほかの人と話すときに特徴的な、けれども私に対してはそれまで一度も使ったことがない、あの冷たい儀礼的な調子を、彼はたったいま使ったのだった。私は、傷つき、と同時に責任も感じて、自分の部屋に戻った。とても苦しかった。おそらく自分が今感じているこの苦しさこそ、彼がまさしく私に感じてほしいと思っている気持ちなのだということは、まだ想像もできなかった。三十分以上たって戻ってきたとき、彼はひどく上機嫌だった。私はベッドの中から、彼が自分の部屋と浴室を行き来する音や、蛇口をひねったり、二匹の子猫たちと遊んだりしている物音を聞いていた。「猫ちゃん！　子猫ちゃん！　お前たちは本当にいたずらだねえ、小悪魔だねえ！」私の方はただ、二人のあいだの親しさを壊してしまったのではないかと、翌朝から映画の撮影が始まるというのに、初日の夜からさっそくそれを危険にさらしてしまったのではないかと思っておびえていた。

同じ状況が、翌日の夜も繰り返され、そしてその週のうち何度も繰り返された。

ご主人夫婦と一緒の夕食が終わると、彼は決まって私を庭の暗い小道の散歩に連れ出した。熱のこもった話をいろいろと繰り出して私を酔わせ、そうかと思うと急に甘いお世辞に切り替える。初めのうちは、私の腕をとったり、手をなでたり、おでこや頬にそっと触れるだけ。それからふいに立ち止まり、私を見つめる。私が心のなかで震えてしまうほどの愛のこもった目で。私もついに誰かのために、一人の男性のために存在するようになったのだった。そしてその男の人を、私は日々ますます尊敬していくのだった。けれども、やがて彼が私に口づけしようとする、あの嫌な瞬間がやってくるのだ。私は心の底から誠実に、それを受け入れたいと思っていた。彼がしたいと望んでいることを、させてあげたいと、本当に思っていた。そうしたところで、おそらくキス以上のことには発展しなかったはずだ。けれども、彼の唇が触れるだけで、私はすぐに嫌悪を催し、顔をそむけてしまった。彼はしつこくは求めなかった。ただあまりにも不幸せそうな様子で私を見つめるので、私はすぐに自分の罪であるように感じてしまうのだった。こういうシーンが起こらないようにうまく避けるすべを知らない罪、そして何度も相手に同じ痛みを与えてしまうという罪。「思わせぶりな女」という言葉が、頭のなかをぐるぐると回っていた。

私たちはまた黙って家に戻った。彼は打ちひしがれているように見えたし、私もそうだった。ご主人夫妻は、こっちへ来て一緒にテレビを見ようと誘ってくれた。私はまったくそんな気になれなかったが、彼は低い声で私に懇願した。「行かないでくれ……。一緒にいてほしい……」。私たちは居間の隅の方の二つくっついて並んだ肘掛け椅子に座った。彼の視線が頻繁に私に注がれた。視線が合うと、その目のなかに私に対する深い愛情がこもっているのが読み取れて、私はまたしても動揺してしまうのだった。彼はそれに乗じて私の手をとり、自分の手のなかで強く握りしめた。「君は天使だ」。彼はささやいた。

そのあいだじゅう、夫妻はバラエティ番組や吹き替えのアメリカ映画を見ながら、冗談交じりにあれこれコメントしていた。私は、ロベール・ブレッソンがそれに輪をかけて滑稽な、辛口のコメントを彼らに返すのを唖然とする思いで聞いていた。驚くほど自然な調子で、しかもその間、私の手を握る力を一瞬も緩めないのだ。彼のずるがしこそうな、共犯者めいたほほ笑みは、私にこう言っているように見えた。「ほらどうだい、彼らは彼ら、私たちは私たち、世界が違うんだ」。二重人格を使い分け、世界中の人をだます彼の力量に、私は魅了されていた。

何よりもまずだまされていたのは、私だった。私はもう、昼間働いている映画監督としてのロベール・ブレッソンと、夜のもっとはるかにとらえがたいこの男の人とをうまく結びつけることができなくなっていた。どちらの人物も、どんな時でも、どこへでも、私を引き連れていく力を持っていた。いやほとんどそうなりかけていた。今のところ、私はまだかろうじて彼と私のあいだに一定の距離を保つことができていたけれど、それもいつまで持ちこたえられるかはわからなかった。その不安は、日中の仕事にまで、あのすばらしい撮影の時間にまで影を落とすようになり始めていた。私は足元が崩れていくような感覚を味わっていた。すぐにでも対処しなければならなかった。そういうわけで、私は決心を固めたのだった。

「バルタザールどこへ行く」の撮影で過ごした日々は、今でもなお、私の人生でもっとも幸せな時間の一つだ。瞬く間に私は自分の居場所を見つけたような気がしていた。自分の本当の家族に出会ったような興奮を味わっていた。この本当の家族のおかげで、自分がようやく開花できるような、ロベール・ブレッソンが私の中に嗅ぎ取ったあのたぐいまれな存在になれるような感覚を味わっていた。

ほとんどの時間を、私はおとなしく彼の隣に座って過ごし、彼が俳優やスタッフを指揮するその手際に見とれていた。彼にはいつも自分が何を望んでいるかわかっているようだった。そしていつもそれを手に入れているように見えた。時にはそのために何時間もかかったり、まわりの人が怒ったり機嫌を損ねたりすることもあった。けれども彼は絶対にあきらめなかった。私はその威厳に満ちたふるまいを感嘆の思いで見つめていた。指示や説明をするときの明確さ、そしてまるで「中世の騎士」のような——とは四十年後にジャニー・オルトが私に言った言葉だが——その優美さに見惚れていた。仕事のときのロベール・ブレッソンは美しかった。とても美しかった。

彼は常に他人に対して、すべての他人に対して、距離を置いていた。だが私には優しく、寛大で、いつでも気安く応じてくれた。そういうふうにして彼は私を、ただ見ているだけの立場から、徐々に女優の立場へと、スムーズに移行させてくれたのだった。まずは何でもない無言のカットから。いくつかのごく短い、野原を出入りするだけのショット。それからシーンの導入部をいくつか。重要なキーシークエンスはもっと後に、映画の半ばごろに予定されていた。進行上、偶然そうなったのだろうか。それとも綿密に計画された結果だったのか。そういう疑問は一度も頭に浮かばなかった。彼は何がしかの指示を与えた。身振りや視線、イントネーションなどの。私はそうした要求にこたえようと努めたが、それはいつでも喜びであり、いつでもたやすかった。彼に従うのは当たり前で自然なことだった。なぜなら彼一人だけが何でも知っていたのだから。私はすっかり安心しきっていたし、そのためによりいっそう自分が柔軟になるのを感じていた。

私は深く、心の底から、本当の愛情で、「アクション！」と「カット！」のあいだにはさまれた、あの撮影の瞬間を愛するようになっていた。映画に生きる日常を。全員が息をつめて見守り、するべき動作、言うべきセリフだけしか存在しないあの瞬間を。私はあの張りつめた空気を愛していた。全撮影スタッフがほんの数秒間、時にはもう少し、集中するあの時間を。それからふっと緊張の糸がほどけ、がやがやと熱気が戻り、そしてまた再びあの見事な全員の一斉行動が始まるあの世界を。私はカメラの前に立つことも好きだったが、それと同じくらい、カメラの後ろにいることも好きだった。私はそこにいながら、ほかの人たちの厚意のおかげで少しずつ、一本の映画がどんなふうに作られていくのかを学んでいった。みんなはすぐに私がいることにも、私の好奇心にも慣れてくれた。私を受け入れてくれた。ギラン・クロケは私が最初に思った通りの人だった。友好的で、いつも私を守ってくれた。初日のときから、彼は、私を見ていると娘のイヴを思い出すと言った。娘に会えない期間がさびしくて、私に対して父親のような気持ちを抱いてしまうのだと説明した。一日の仕事が終わるころ私がいつもナーバスになることに気づいていたのは、彼だけだった。夕刻になると、スタッフのみんなはパリにもどり、私一人がロベール・ブレッソンと残ることになる。そんなふうにずっと一緒に生活していることに、彼はあまり賛成ではないようだったし、実際そのことをはっきり私に言うようにもなっていたが、私は聞こえていないふりをした。

スタッフとしてさまざまな持ち場についていた二十歳から二十五歳くらいまでの男の人のなかで一人、初めて見たときから気になっている人がいた。向こうもそれとなく私に色目を使うのを楽しんでいるようだった。ロベール・ブレッソンの機嫌を損ねるのが怖いのか、彼のやり方はごく控え目なものだったが、それでも私が気づかないではいられない程度にはあからさまだった。この新しい誘惑ゲームは楽しくて、夢のような撮影の日々にさらなる魅力を加えてくれた。そうそういうゲームの規則をまだ心得ていたわけではなかったけれど、私もまたその都度自分なりにそれにこたえていた。

　まず彼は朝到着したとき、私のバッグや部屋にちょっとしたプレゼントをこっそり忍び込ませるようになった。それから、雨の降ったある午後、家から遠く離れたところで撮影をしていたとき、彼は私にジャケットを貸してくれた。栗色のコーデュロイの大きなジャケットだったが、それ以来私はそれを手放さなかった。「持っていていいよ。君が僕の服を着ていてくれるとうれしいから」と彼は私の耳元でささやいた。その申し出を受け入れるということは、いわば自分も共犯者になったということであり、それはすばらしく甘美なことだった。コーデュロイ・ジャケットのポケットはそれ以来レターボックスとなり、ちょっとした言葉を添えたプレゼントなどが入っているようになった。私たちは笑みを交わしあったり、目配せをしたり、手をかすかに触れあわせたりした。ほんの時たま、めずらしく私が一人でいるところに彼が出くわすことがあった。そんなとき私たちは束の間、抱擁しあった。いつもドアのあいだとか、茂みの後ろ、ついたての裏に隠れて。けれどもすぐに誰かが彼を呼びに来たり、ロベール・ブレッソンが私を探していたり、あるいは単に誰かが通りがかったりして、私たちは離れるのだった。私はついに恋をしていたのだ。恋愛のまねごとを経験していたのだ。それは楽しかったが、それだけでは十分ではなかった。私には男性が必要なのだった。恋人が必要なのだった。そしてそれは彼しかいなかった。

　そう決心を固めると、私はそのための段取りを考え、子どもがよく言うように「作戦を立てる」必要があった。すぐに行動に取りかかりたくてうずうずした。今日は水曜日だっけ？　じゃあこの週末だわ！　本能的に、私はどういう順番で取りかかればいいかを見抜いた。彼、ママ、ロベール・ブレッソン。さあ、まずは彼のところへ。

翌朝、私は彼を脇に呼んで、金曜日の撮影の後、パリについていきたいと言った。一緒に夜を過ごしましょう。食事をしたり、映画を見たり、何でも彼の望むことを。それから私は自分のアパルトマンに帰ってそのまま週末を過ごすから。彼は慌てた。ロベール・ブレッソンがそんなことを許すわけがない。私がギュイヤンクールを離れるなんて。その計画は危険すぎる。何よりも僕自身を危険にさらすことになる。そんなことを考えてはいけない。けれども私は譲らなかった。友達のブリュノとマリー＝フランソワーズに会うっていうことにするから。ママに電話してそう言えばいいだけ。ママはきっと簡単に許してくれる。ちょっと気晴らしして、「撮影の気苦労」を忘れるためならって。そうしたらもうロベール・ブレッソンも私に何も言えなくなる。そうして、煮え切らない彼の背中を押すために、私は彼をぎゅっと抱きしめ、少し大胆なしぐさや愛撫までしてみせた。自分でも驚いたが、向こうも同じように驚いていた。ひどく動揺したまま、彼は離れていった。

その日は一日中、彼はぼんやりと上の空で、たくさんミスをしでかした。何度もロベール・ブレッソンやスクリプターに注意された。彼は問いかけるような、疑っているような目で、私と視線を合わせようとした。私は気づかないふりをし、ほかの人には愛想良くしながら、彼を無視し続けた。そしてついにロベール・ブレッソンが、またしても彼がミスをしたのに怒って癇癪を起こした。「今日は一体どうしたんだ、あのバカは！」私も驚いたふりをして繰り返してみせた。「本当、今日は一体どうしたんだ、あのバカは」。それからみんなの前で感に堪えないような同情の調子でこう尋ねた。「ねえ、今日はどうしちゃったの？ 具合でも悪いの？ アスピリン持ってきてあげようか」。そのときの彼の困惑ぶりといったら……。この新しい遊びは本当に愉快だった！ たぶんほかのどの遊びを合わせたよりも。

レ島にいるママは、すぐに承諾してくれた。家族に会えないんだし、たまには気分を変えて、友人に会うくらい、いいんじゃない？ そう言ったあとすぐ、ママは私の愛犬のサリーが二日前からいなくなってしまったのよと続けた。島中を何度も探したが、見つからないという。島の人たちにも呼びかけているけれど、まだ何の知らせもないらしい。「きっと戻ってくるわよ」と私は軽い調子でママに答えた。ママは私が楽観的なのに驚いたようだった。あんなに可愛がっていた犬がもしかしたら永久に見つからないかもしれないのに、そんなことを考えもしないのに驚いていた。「ずいぶん変わったわね！」そう言って彼女は電話を切った。

「論外だ」

厳しい声で、彼はあっさりとはねつけた。そしてすぐに家のご主人夫婦と当たり前のように世間話を始めたその様子から、私がパリには行けないこと、この話題はもう終わったことが読み取れた。けれども私はくじけずに食い下がった。ふだんの従順さとは打って変わったそのしつこさに、彼は面食らっていた。家の主人たち、ジョジーとシャルリーの二人も私に加勢しようと判断してくれたようだった。

「もう赤ん坊じゃないんだし、同じ年頃の若い者とちょっと楽しむくらいいいじゃないですか！」とシャルリーが言いだした。

〈同じ年頃の若い者と……ちょっと楽しむ〉？　なんてことを言うのだろう！　ロベール・ブレッソンはあやうく食べかけのオレンジにむせるところだったが、気をとりなおし、むっとしたように重々しく答えた。

「アンヌは私に預けられているのです。母親がいないあいだは、私が彼女の世話をして、仲間との付き合いにも目を光らせてやらなければなりません。彼女の家族とそう約束したのです。私はその約束を是が非でも守りたいのです」

彼は私の方に向き直り、この上なく甘い笑顔を見せた。

「だから君はここに残らなければならないんだよ。私と一緒にね。それに来週撮るシーンの話もしなければならないし。難しいシーンだよ、知ってるだろう。ドビュッシーの『雪の上の足跡』はもう聞いたかい。私はね……」

「ママは全面的に賛成してくれてるわ。私が週末をパリで、マリー＝フランソワーズとブリュノの家で過ごすことに。息抜きをする必要があるって認めてくれてるの。夕食の前に電話したのよ。もう話はついているんです」と私は一息で言った。

「信じられないね」

私はうつむいていたが、彼の表情は手に取るようにわかる気がした。怒りを抑えて蒼白になり、激怒したいのをこらえている、もしかしたら私の頰を張りたいと思っているかもしれない。まさにこの瞬間、私は彼を怖いと思った。子どもみたいに、ただ一心に怖いと思った。昔、自分の父を怖いと思っていたときのように。真正面から彼を見ることができなかった。もう少しでくじけてしまいそうだった。重苦しい沈黙のまま数秒間が過ぎたあと、彼は突然、乱暴にナプキンを投げ捨て、立ち上がり、ドアをバタンと閉めてキッチンを出ていった。それからシャルリーの書斎に入ってドアを閉め切る音が聞こえた。シャルリーもぎょっとしたらしく、一瞬ひるんだが、すぐに不機嫌そうな声で、人差指で額を叩きながらこう言った。

「完全にいかれとるね」。彼は赤ワインを自分のグラスに注いだ。「パリに行きなさい、お嬢ちゃん。大いに騒いで、楽しむといい。そういう年頃なんだから。あの人のことはほっとけばいいよ。あんな頭の固い監督さんは！」

そう言って彼はまた男らしさを取り戻したように上半身をぐっと膨らませてみせた。

「こんなふうに君を閉じ込めておく権利はないと思うよ。お嬢さんは彼の囚人ってわけじゃないんだからね、いくらなんでも！　俺もちょっと言ってあげるよ、あの人に。あなたたちは二人ともうちのお客さんなんだし、こっちとしても……」

彼は話をやめた。隣の部屋で足音が聞こえたのだ。足音は居間の方に向かった。庭に面したドア窓が開き、そしてまた閉まった。ロベール・ブレッソンが家を出ていったのだ。私たちは黙って顔を見合わせた。どうして出ていったのか、どうしたらいいのか、わからなかった。

「もしあの人が本気で怒ってしまってたら？」とようやくジョジーが言った。

「もうこの家にはいたくないくらい怒っていたら、か？」

シャルリーは急に本気で心配し始めた。私の方に向き直り、頼み込むような調子で言った。

「どうなっているかちょっと様子を見て、連れ戻してきてくれないか」

私は怖かった。バカみたいに怖がりながら、庭園の中心の並木道を歩いて行った。夜が更け、暗くなっていた。闇の中で一生懸命目を凝らしてみたが、ロベール・ブレッソンの大きなシルエットを見分けることはできなかった。草の中で物音がして、トラ縞の、知らない大きな猫が私の足元にすり寄ってきた。暖炉の火のような勢いでのどをごろごろ鳴らしていた。この突然の闖入者に私は少し勇気づけられ、ひざまずいてもっとよくなでてあげようとした。

「君の言ったことは嘘じゃなかった。お母さんのことはたいへん尊敬しているつもりだが、それでも君のお母さんは無責任だと言わざるを得ない……」

砂が足音を押し殺していたために、近づいてくるのが聞こえなかったのだった。ロベール・ブレッソンは一メートルほどのところにいて、神経質そうにすぱすぱとタバコを吸っていた。顔の表情はよく見えなかったが、異常なくらいいらだっているようだった。怒りと、それから何かわからないが、不当に対する憤慨とでも言うべきものにとらわれているようだった。

「だってね、君があの年上の夫婦と一緒に出かけるのを許可するということはだよ、誰と出会うかもわからない、ものすごい危険にさらすことになるんだよ！　そのことを君のお母さんに理解させようとしたんだがね、あの人は確かに君のお母さんだったよ。つまりまったく強情だったんだ、君みたいにね！　彼女がなんて言ったかわかるかい。この私に向かってよくも……。私は君の教育係じゃないとさ。そういうことは、どうぞよそでなさったら、だとさ！」

〈どうぞよそでなさったら〉……さすがはママ。正確にその通りのセリフだったに違いない。その声が聞こえるような気さえした。ロベール・ブレッソンはしつこく彼女に食い下がって、うるさがられたのだろう。それでとうとうママは無礼な言葉で会話を打ち切ったのだ。ママならやりかねない。彼にそんなことを言うなんて、これほど洗練された、これほどみんなから尊敬されている人物にそんなことを言うなんて。私は怖がるのをやめて、笑いだしたいような気持ちにさえなってきた。彼は靴の先でタバコを踏みつぶし、私の方に近づいてきた。

「そんな猫と地面で何をしているのかね。遊んでいるのかね。一体君はいくつになるんだ」

彼は私に手を差し出し、立ち上がらせてくれた。いくつもの相反する感情に引き裂かれ、それと闘っているように見えた。吸い殻の残骸をじっと見つづけていた。

「君とお母さんの勝ちだよ……。私には君が友人たちと会うのを止める権利はないからね……。だけど一つだけお願いを聞いてくれないか。パリの滞在を短くして、土曜日の夕方には戻ってきてほしい。日曜日じゃなくて。頼むよ……」

またしてもこんなに甘くなった彼の声に、懇願するようなその瞳に、どうやって抵抗することができるだろう。私はすぐに、ええ、と言った。こんなにうまく窮地を脱したことに安堵していた。私たちは仲直りして家に戻った。ドビュッシーの「雪の上の足跡」のメロディを口ずさみながら。彼はそれを映画に使いたいと考えていたのだ。私は、最初の闘いに勝利を収めた。まだ二回戦が残っていた。それに翌日のことを考えると、恐ろしくて体が震えた。もしかして私は過ちを犯そうとしているのだろうか。とんでもない過ちを？「弱気になっちゃだめよ、子猫ちゃん！」

金曜日の夕方、パリに戻る道中、私たちはやけにそわそわして、いたたまれない気持ちになった。二人で一緒に夜を過ごすという、それまではあんなにわくわくして待ち焦がれていた計画も、やめてしまおうかと二人とも思い始めたくらいだった。でもどちらもそれを言い出すことはできずに、ただ黙っていた。緊張して、車の流れや夕立や虹、それから車の天井に気を取られているようなふりをしていた。

その日、一日中ロベール・ブレッソンはひどく機嫌が悪かった。私に対しても、彼に対しても、みんなに対しても。どのシーンも嫌というほど何回もやり直しをさせられ、役者もスタッフも疲れ切ってしまった。ギラン・クロケはうんざりして、激しい言葉で監督と衝突したが、ロベール・ブレッソンも同じ調子で言い返したので、プロデューサーが割って入って、ようやく撮影が再開されたほどだった。

私は運転している彼の顔をちらっと盗み見た。彼はハンサムだし、好みだった。でも私は彼に恋しているのだろうか。そして彼の方は、私に恋しているのだろうか。彼が、尊敬するロベール・ブレッソンの不興を買うようなまねはしたくないと考えていることはよくわかった。彼がロベール・ブレッソンを尊敬していることは知っていたし、彼自身、繰り返しそう口にしていた。その崇拝はほとんど愛にも見えるようなものだったので、私はついこんな質問を頭に浮かべないではいられなかった。彼が一番愛しているのはどっち？　私？　それともロベール・ブレッソン？　答えはわかりきっていたし、それを恨む気持ちもなかった。ロベール・ブレッソンは測り知れない天才だった。途方もなく魅力的だった。だから、このハンサムな青年は、確かに私のことを好きだと思ってくれているのだろうけれど、それ以上ではないのだ。そう考えたとき、私は苦しい気持ちになった。ということはつまり、私の方は彼に恋しているのだ。それは初めてのことだった。私は一種のめまいを感じたが、わくわくしてもいた。絶対に私のことを好きにならせてみせる。私と一緒に夜を過ごしたいと思わせてみせる。この人の愛人になり、この人を私の恋人にするのだ。「愛人」とか「恋人」という言葉に、私は、ギュイヤンクールを出発して以来ずっと感じていた悲しい気持ちを捨て去る新しい力を見出していた。

一時間後、私たちはカルチェ・ラタンの通りを、腕を組みながら歩いていた。夏の暑い日で、私たちは急にヴァカンスに来たような気分になった。パリを初めて見た観光客のように、見るもの触るものすべてに、はちきれそうな新鮮な喜びを感じていた。

彼は私をマスペロという本屋に連れていった。この本屋のことは一度も聞いたことがなかった。私たちは友情の証しとして互いに本を贈りあった。彼はジュリアン・グラックの『陰鬱な美青年』とジャン・ジュネの『泥棒日記』を、私はプーシキンの『エヴゲーニイ・オネーギン』とレールモントフの『現代の英雄』を選んだ。それから、歩いていて最初に目についた映画館に入った。「誰がために鐘は鳴る」をやっていた。私は彼と長い長いキスを二度交わし、そのキスの合間に、イングリッド・バーグマンとゲイリー・クーパーの美しい顔がスクリーンに映っているのを見た。その二人の情熱的な姿を見ていて、私は自分がいま初めての恋を経験していること、そこに全身を捧げていることを実感した。彼はぴったりと私に体をくっつけていた。私は相手の匂いをかぎ、その息づかいを感じた。自分の首筋や肌に彼の唇が触れるのを感じた。私も彼の肌に触れることができた。それは目が回るほどの、うっとりとするような快感だった。

そのあと夕食をとっているあいだ、私たちのお互いへの欲望は激しくなっていった。あらゆるものが私たちの欲望を激しく掻き立てているようだった。レストランの古ぼけた魅力、サンジェルマン大通りの喧噪、まわりの客たちの陽気な興奮、ワイン。私たちは食べたり飲んだりしながら、見つめあった目を片時もそらさなかった。何でもないことにかこつけて、すぐにお互いの体に触ったり、キスをしたりした。そして、レストランを出たとき、このまま彼と一緒にいたいと伝えると、彼は私を抱きしめ、まだためらいながらも、こうささやいた。「本当にいいの?」「うん」「誰にも知られないよね」「誰にも知られないわ」

私の体は、不思議なことに、どうふるまえばいいのかわかっていた。恐れも恥ずかしさも感じず、自分でも驚くほど自然に体が動いた。前もっていろいろ聞かされていたのとは逆に、まるで初体験というのはごく当たり前に進むものだとでもいうようだった。こんなに自由に、自分の肌の全細胞で呼吸しているような気がしたのは初めてだった。私はあらゆる方向に体を広げ、ベッドの中を転がった。快感と誇りに酔いしれていた。「とうとうしてしまった！」彼の方は逆に私をなじり、責めた。「処女だなんて一言も言わなかったじゃないか！」もう過ぎてしまったことに彼がずいぶんとこだわるのがおかしくて笑ってしまった。でも相手の憤慨はおさまらなかった。「君はすごく手慣れてるみたいな態度だったじゃないか……。誘惑されたんだぜ、僕は。まさか処女だなんて思うわけないだろう……」。私は彼にキスしようとしたが、押し返された。「それに、僕は君がてっきりブレッソンと寝てるんだと思ってたよ！　こんなことになったなんて、彼が知ったらどうなる？　それに君のあのブルジョワの家族は？　おまけに君はまだ未成年だときてる！　僕がどんなに危険か、君は考えたことがあるのか？」

「ブルジョワなのはあなたよ。そんなバカな考えにとらわれて」

「ブルジョワだって？　僕が？」

その言葉で彼は決定的に逆上してしまったようだった。私はそのときになって、彼が貧しい家私はブルジョワ階級の息子ではなかった。そして、私はまさにそこに惹かれたのだった。この夜のことは絶対誰にも言わないと約束すると、彼はようやく機嫌を直し、また私を抱きしめてくれた。

日が昇っても、私たちはまだ眠りこんでいた。私は夢も見ずに深い眠りの中に沈み込んでいて、もうそこから出たくなかった。私を起こそうとする声がぼんやりと聞こえた。やがてもっとはっきりと彼の手が私の肩を揺すぶるのが感じられた。ようやく目を開くと、日の光があふれ出るように降り注ぐ小さな部屋にいるのがわかった。彼はバスローブをはおって、逆光の中に立っていた。ゆうべの私たちの服は、レコードや本や新聞にまじって、床の上に散らばっていた。そのとき私は、自分がベッドの中にいて裸だということに気がついた。私は急いでシーツをあごまで引き上げた。そのときになってやっと、昨夜のことを思い出した。何という夜だったのだろう！私が目を覚ましたのを見て、彼は姿を消し、ネスカフェのカップ二つと、ビスコットとジャムを載せたお盆を持って戻ってきた。そして私にカップを一つ差し出した。

「君がよく寝るのにはあきれたよ。今何時か知ってる？　いつギュイヤンクールに戻るの」

「今日の夕方」

「駅まで送るよ。ヴェルサイユ行きの電車に乗るんだ。ブレッソンを待たせない方がいい」

もうブレッソンか……。彼はまた昨夜の言葉を繰り返した。夜のあいだに、二度のキスのあいだに、二度の抱擁のあいだに、私に言って聞かせた、その同じ言葉を。僕たちはちょっとした火遊びをした。でもこれは束の間のアヴァンチュールにすぎない。確かに僕たちはお互いに愛し合った。恋人になった。でもこれからはよき友人になるんだ。絶対に明かさない秘密を抱えて。私は黙ってコーヒーを飲んだ。彼の存在を、その声のやわらかい甘さを感じながら。体は疲労で痺れ、気持ちはまだぼうっとしていた。隣のアパルトマンかエレベーターから騒がしい声が聞こえていた。どこかでラジオが流行りの歌を流していた。この夏が始まってからというもの、どこに行ってもかかっていた曲だった。私たちがいた小さな屋根裏部屋は汚くて、ちらかっていた。マットレスは床にじかに置かれていた。壁には映画の写真や記事の切り抜きがピンでとめてあった。それ以外の写真もあった。彼の写真、そして短い金髪の女の子の写真。ボーイスカウトものの冒険小説『シーニュ・ド・ピスト』シリーズに出てくる少年たちみたいな写真だった。この部屋の様子がだんだんはっきりと意識できてくるにつれて、漠然とした悲しみが湧いてきた。彼の方は、そのあいだも暢気なおしゃべりを続けていた。ロベール・ブレッソンがいかに天才であるか、一部のスタッフたちで毎晩確認しているラッシュがいかにすばらしく、全員一致で感嘆しているか。彼は翌週の撮影予定を話題にし、演技の難しいシーンがいくつかあることを説明した。

「ブレッソンは、君がちゃんとできるようにしてくれるだろうから、心配しなくていいよ」

私は心配などしていなかった。来週のことも、撮影のことも、ロベール・ブレッソンのことも考えていなかった。私はサッカーの試合の中継を聞いていた。下の階のアパルトマンからだろう。ヴォリユームを最大にしていた。下の通りからは騒がしい街の物音が聞こえてきた。子どもたちの叫び声、少女たちや少年たちの声。夏の真っ盛りだというのに、その子どもたちはパリに残っているのだ。彼らの親は子どもをヴァカンスに連れて行ってあげられないほど貧しいのだろうか。奇妙なことに、私はそのとき、カラカスのスラム街で見た子どもたちの顔を思い出した。弟と私がそれくらいの年だったときに時々そういう子どもたちを見かけることがあったのだ。それらの顔は、父の死後、忘れようと思ってもとりついて離れないイメージとなっていた。どうしてその子どもたちの顔が今突然、この建物の子どもたちの声に重なってよみがえってきたりしたのだろう。

「そんなに悲しそうにするなよ。すごく素敵なアヴァンチュールを過ごしたじゃないか」

彼はバスローブを脱いで、裸で私の隣に体を滑り込ませてきた。

「ねえ、泣いてるの？　本当に子どもなんだね！　僕は君のことを大人の女性だとばかり思っていたんだけどなあ！」

彼は私を強く抱きしめ、キスをして、優しい言葉をささやいてくれた。私たちはもう一度愛し合った。それが最後だとしてもそんなことはどうでもよかった。

彼は早く出発するよう急かし、私は寝室の隣の洗面所で手短に身づくろいを終えた。金髪の女の子のまた別の写真が壁に貼ってあった。私は写真を指差した。

「僕の彼女だよ。水曜日に戻ってくる」

私たちは通りに降りてきた。外は耐えがたい暑さで、ゴミバケツのむっとするような匂いがさらに激しくなっていた。彼はジーンズのポケットに手を突っ込んで、車のカギを探していた。

「彼女に私たちのこと話すの?」

彼は私の質問の意味がすぐにはのみ込めないようだった。それから笑いだした。まるで私が今言ったことが特別におかしいとでもいうように。彼が私を車の助手席に座らせようとするあいだ、私はもう一度その質問を繰り返さなければならなかった。彼は肩をすくめ、愛情を込めて私の頬をなでると、愉快そうな声で言った。

「君は本当に子どもだなあ！　意外だったよ。もし僕たちが寝たことを彼女が知ったら、君はきっと目玉をくり抜かれちまうよ！　彼女がどんなに嫉妬深いか、君には想像できないだろうな！　いいかい、この世で絶対にこのことを知られちゃいけない人間が二人いるとしたら、それはブレッソンと彼女だ」

私たちはサン゠ラザール駅のコンコースの、出発列車の表示板の前にいた。私は彼の言ったことにすっかり面食らっていた。どうして彼女は嫉妬深いのだろうか?　それには何か理由があるのだろうか?　彼はアナウンスされたホームに向かって駆け出していた。ヴェルサイユ行きの列車はもうそこに待っていたが、出発は十分後だった。私が時間通りにギュイヤンクールに戻れることに、彼はほっとしたようだった。それにたぶん、これで私を厄介払いできると思って気分が軽くなっていたのだろう。私の新たな質問にも答えてくれた。

「時々、こういうアヴァンチュールに抵抗できなくなるのさ。君がその一番最近の証拠だというわけだけどね、だろ?」

「何度もあるの?」

私の好奇心は、明らかに彼の自尊心をくすぐっているようだった。

「それは女の子とか、男の子とかの魅力次第だな。それから向こうが僕を求めてくるかにもよるしね。君のことを言えば、君はかわいいし、まだ成熟していない果実の魅力がある。でも君がもしあんなにはっきりと僕を求めてこなかったら、僕は絶対何もしなかったよ、何にも!」

「……男の子!?」

よく聞き取れたかどうか自信がなかった。旅行客たちが到着し、両手にたくさんの荷物を抱えて歩いていた。彼が窓際に空いている席を見つけてくれた。それから、コンパートメントにほかの人たちがいたために、小さな声で言った。

「そうだよ、男の子もね。僕は女の子も好きだけど、男も好きなんだ。もちろんそっちの方はもう少しこっそりとやるけどね。君もその一人に今週会うことになるよ。エキストラとして僕が雇ったんだ。その人は高校のときの哲学の先生でね、僕の最初の男の恋人で、その道の手ほどきをしてくれた人さ」

列車が出発のためにぐらっと揺れた。彼はホームに飛び降りた。私は窓際の席に急いで座り、もう一度最後に彼を見ようとした。彼は列車と伴にできるだけ長く並走した。投げキスを送りながら、何か叫んでいたが、それはもう聞き取れなかった。列車は一気にスピードを上げ、彼を引き離した。私は彼を見失った。

ギュイヤンクールに戻ったが、約束していたはずのロベール・ブレッソンはいなかった。家の夫婦によると、私が帰途についたということだけ確認すると奥さんのいる田舎の別荘に行ってしまったという。私は何の関心も持たずにその話を聞いていた。そして手早く夕食を済ませると、自分の部屋にこもった。すぐに眠りたかった。疲れと悲しみで押しつぶされそうだった。別れたばかりの束の間の恋人の匂いが、まだ肌に残っていた。彼の肌の記憶も、そのしぐさや体の記憶も、あまりにも鮮明に残ったままだった。

あくる日の日曜日、ほとんど二十時間ほど眠りつづけ、長い時間ゆっくりとお風呂に入ったおかげでかなり気分がよくなった。バスタオルを巻いたまま、鏡の中の自分の姿をまじまじと見つめてみた。そこにいたのは私の知らない、でもどことなく私に似ている若い娘の姿だった。その娘と私は、お互いに家族のようによく似ていた。けれどもやはり、それはもう私ではなかった。

今こうして目の前に見ているこの女の子と、これからは付き合っていかねばならないのだ。その娘は、別に感じの悪い子ではなかった。私よりももっと自信ありげで、もっと調和がとれているように見えた。自分の顔をさらに詳しく観察すると、子どもの頃の丸みがなくなって、少しやせたように見えた。私は驚き、それから狼狽した。これが私なの？　この若い娘が？　それから私はほとんどパニックに陥った。みんな私を見てこの変化の理由に気づくのではないだろうか。パリで何をしてきたか、見抜かれてしまうのではないだろうか。もうあと数十分もしたらギュイヤンクールに帰ってくるロベール・ブレッソンの疑り深い目と、どうやって向き合えばいいのだろう。

夕食が終ろうとしていた。ロベール・ブレッソンは二匹の子猫のいたずらの話をし、一匹の方がいなくなったかと思って大慌てしたときのことを語って聞かせていた。どんなに驚き、どんなに嘆き悲しんだか、そして自分たちの家から一キロほど離れた森のはずれで奥さんが子猫を見つけたとき、どんなに喜んだか、といったことを。ジョジーとシャルリーの方も、いろんな家畜がいなくなってしまうという話をした。彼らは三人ともたいへん上機嫌で、その週の撮影も順調にいくだろうと話し合っていた。ただ、撮影がほとんど外で行われるので、天気のことだけはちょっと心配していた。ロベール・ブレッソンは、ただの一度も私の短いパリ滞在のことには触れなかった。ときどき、ほほ笑みながら私を見たが、長く見つめることはなかった。「アンヌは本当によく休んだという顔をしているね」と彼は突然、フォークの先で私を指しながら言った。「ほとんど一日中寝てましたから」とジョジーが説明した。「オオヤマネみたいに」とシャルリーも付け加えた。「若いからね」と言って彼らは納得しあった。彼らにとっては、何一つ変わっていないのだった。私は前からずっと一緒にいた若い娘のままだった。自分が別人になったことを知っていた私にとっては、鏡でその証拠を目の当たりにしていた私にとっては、それは単純素朴に驚きだった。不可解ですらあった。これほど根本的な変化が、どうして目に映らずにいられるのだろうか。

夕食のあといつもそうするように、ロベール・ブレッソンは私の腕をとって、大きな木々の方に向かう庭園の中央の小道へと私を連れていった。彼は面白おかしく、自分がいつも撮影スケジュールを遅らせるのでプロデューサーから注意を受けているという話をした。改善するように約束させられたが内心では自分のやり方を変えるつもりはないんだ、と彼はこっそり打ち明けた。家から遠ざかるにつれて、彼の腕の力は強まり、声がささやき声に変わっていった。私はこれから何が起こるか知っていたが、これまでとは違ってもうそれを心配しなくなっていた。そして彼が私にキスしようとしたとき、私はすぐに押し返した。一瞬面食らったあと、彼はすぐに気を取り直して私を引き寄せようとした。「ねえ、いいだろう」と彼はささやいた。私は一歩下がった。「ダメ」。彼の目をまっすぐに見ながら私は言った。「ダメ?」「ダメよ」。私は落ち着き払って、毅然としていた。彼は数秒間私を見つめた。まるで私のことをすっかり見違えたかのように。私は彼の視線をしっかりと受け止めた。私にとっても彼にとってもとても重要な何かが、今この瞬間に決するのだという気がした。向こうが先にうつむいた。「帰ろう」と彼は言った。

そのあと、ベッドに横たわりながら、私は浴室から聞こえてくる物音に耳を傾けていた。ロベール・ブレッソンはそこで寝る前の準備をしながら、シャム猫たちに話しかけていた。彼はさかんに笑い、怒ってみせたり、驚いてみせたりしていた。それを聞いていると心が和んだ。今では彼がまるで年をとった子どものように感じられた。彼のことを何でも許せるような気がしていた。それは、もはや彼が私を動揺させる力を失ってしまったことを私が理解していたからだった。突如として奇跡のように、たった一夜の男性との経験によって、私はもう状況に振り回される存在では、彼に振り回される存在ではなくなっていたのだ。今や私は、彼に正面から立ち向かうことが、そして世界全体にさえ立ち向かうことが、できるような気がしていた。この新しい力の感覚は私を安心させてくれると同時に、陶然とさせてくれた。そこには何かしら人を酔わせるものが、人を魅惑するものがあった。そう、まさに魅惑的だった。

私たちが長いあいだ心に抱いてきたシーンの準備が、ゆっくりと整えられようとしていた。ロベール・ブレッソンはそれを「誘惑シーン」と名付けていたが、一部のスタッフはもっとはっきり「レイプ」と呼んでいた。そのシーンはいくつかのカットに分けられ、セリフは一切なかった。私が演じる田舎娘、マリーが子どもの頃に飼っていたロバのバルタザールを見て、野原の真ん中で車を止める。そこへ不良のジェラールが現れる。獲物を見つけた彼は車の中に滑り込み、一言も言わず、マリーの方を見もしないで、手を伸ばして彼女のうなじをなでる。マリーは逃げ出す。それからロバのバルタザールのまわりで追いかけっこが始まる。バルタザールは純粋さと無垢の化身だ。やがてマリーが転ぶ。ジェラールは彼女が立ち上がるのを助ける。こうして決定的に降伏した彼女は彼の後について車に乗り込むのである。

その日、私の集中力は最高に高まり、スタッフも完全に集中していた。ここは、映画の中でマリーの悲劇的な運命が動き出す瞬間だ。ロベール・ブレッソンが初めて導入した微妙なエロティシズムに驚いている人も多かった。彼はいつものような見事な手際と最小限の説明で、すべてを統御し、全スタッフを指揮していた。私たちは従っていた。ほとんどのスタッフが自分に注目しているのを、私は意識していた。ある意味、これが私の女優としての本当のデビューだと思っている人もいて、そういう人たちは私以上に緊張していた。彼らを失望させるわけにはいかなかった。

バルタザールのまわりで追いかけっこをするリハーサルを始めたとき、私がすぐに全力を出し始めたので、ギラン・クロケが慌ててリハーサルをとめた。この追いかけっこは、道端で私が転んで終わりになる。彼は私がけがをするんじゃないかと心配したのだった。

「草の中に毛布を隠しておきましょう。そうすれば少しは痛くなくなるでしょう」

「アンヌは転ぶふりをするだけだし、私は二、三テイクしかとるつもりはない」とロベール・ブレッソンはそっけなく言った。

「転ぶふりっていうのは、どうやってできるんです、監督。それに彼女はあんなに速く走ってるんですよ」

二人のあいだで声が高くなっていき、ほかのスタッフは言い争いが終わるのを待っていた。ふと目をあげると、私の方を見ていた彼、一夜限りの恋人となった彼と視線がぶつかった。その視線はこう言っているように見えた。「彼女はどうやってここを切り抜けるつもりかな」。私たちが一緒に夜を過ごしたことなど、彼は微塵も感じさせていなかった。私と秘密を共有している様子も、情熱も、友情さえも、何一つ伝わってこなかった。今週とそれ以前の週とを隔てる唯一の違いは、甘い言葉を記した手紙がジャケットのポケットに入っていないことだけだった。彼の無関心さに、私は自分でも戸惑うほどのはっきりとした痛みを感じた。愛されていないというのは、こういうことなのか。

ロベール・ブレッソンとギラン・クロケは二人ともひどく興奮した様子で私のところへやってきた。彼らは私に決めろと迫った。道の脇の草の中に毛布を隠しておく必要があるかどうか。私はいらないと答え、撮影が始まった。

「カット！」ロベール・ブレッソンが叫んだ。「何をやっているんだい。ちょっと走るのが速すぎるよ。不良の方が君を追いかけてるんであって、逆じゃないんだからね！　さあすぐにやり直すぞ。スタンバイ！」

「静かに！」

「回りました！」

「ハイ、ヨーイ！」

「バルタザール、二四〇、テイク2！」

「アクション！」

ロバを中心とした追いかけっこが再び始まった。私はリハーサルどおりのタイミングで身をかわし、草の上に激しく倒れた。自分の体が傷つけばいいと思っていた。体の痛みで、ついさっき気づいたばかりのもう一つの苦しみ、心のうちの目に見えない苦しみを忘れたいと思っていた。三度目が始まり、ついで四度目のテイクに入った。今や私は猛り狂ったようになって全力で転倒していた。もっともっと自分に痛みを与えたかった。スタッフたちは、何か予期していなかった、少しぎょっとするようなことが起きているのを理解し、ただ黙ってそのシーンを眺めていた。ギラン・クロケだけが抗議した。

「いいテイクが三つもありましたよ。もう十分でしょう！」

「もっとうまくやれるさ。スタンバイ！」

七度目のテイクに入ろうとする直前、またしても、あの元恋人と視線がぶつかった。彼の視線が何を語っているのかはわからなかったが、私自身が自分の視線に込めた意味ならよくわかっていた。「このテイクはあなたによ。見てて。よく見ててちょうだい！」そして再び道端に転倒するタイミングになったとき、私は絶望的な勢いで激しく倒れ込んだ。彼一人に向けたメッセージだった。「私はもう死んだって構わないのよ」という意味の。

「カット！　すばらしい！」ロベール・ブレッソンが叫んだ。

ギラン・クロケが立ち上がるのに手を貸してくれた。両膝がすりむけていた。機材班チーフの奥さんが消毒薬を持って駆け付けてくれた。その間、ロベール・ブレッソンはもう次のシーンの準備にとりかかっていた。ギラン・クロケは怒りをむき出しにして、激しい口調を和らげようともしなかった。

「今のはひどすぎる！　下劣だよ。君はすぐに全力を出したし、ファーストテイクからもう完璧だった。あいつは単なるサディズムから君にもう一度やらせたんだ。何でかわからないが君に罰を与えようとしてね！　あともう一回やらせたら、やつをぶん殴ってるところだったよ」

「そんなに私のことを心配しないで。大丈夫よ」

「いいから黙って。休んでいなさい。いま誰かが水を一杯持ってきてくれるから。それまでは……」

ギランはタバコに火をつけ、それを私の唇に押し込んだ。私は彼の言葉の意味がよくつかめないまま、ただ耳を傾けていた。思いがけない幸福感が、ゆっくりと自分を満たしていくのがわかった。体中が痛くて、特に右膝がひどかったが、苦しみはもう消えていた。不思議だった。体が傷つくことで、もう一つの痛みがほとんど外に出てしまっていた。そしてその痛みが、まるで嫌な雲、黒い雲のような何かに形を変えて、自分から遠ざかっていくのが見えた。それから、風景に色がついたような、草がもう一度真緑にかえったような、空が真っ青に戻ったような気がした。ほんの一時間ほどのあいだに、私は死にたいと思い、そしてまた生き返ったのだった！

「客が来る」とロベール・ブレッソンは鬱陶しそうに言った。

客というのは、この映画のプロデューサーであるマグ・ボダールとそのパートナー、マスコミに大きな力を持つ大経営者で有名なジャーナリストでもあるピエール・ラザレフだった。庭園の端に作られた東屋で、私たち四人で昼食をとる予定だという。

私はマグ・ボダールという女性を知らなかったが、ピエール・ラザレフとは二年前におじの家で夕食をともにしたことがあった。そのとき私はその人物の知性と優しさ、それに柔軟でこだわりのない考え方に感銘を受けていた。友人たちとの会話から離れて、その人は私の方に向き直り、君は将来何がしたいのと話しかけてくれた。私は大胆にも当時自分がやりたいと思っていたことを説明した。それは、ピエール・ラザレフ自身がプロデューサーでもあったTV番組「一面五段抜き《サン・コロンヌ・ア・ラ・ユンヌ》」のリポーターになりたいという望みだった。私の話を聞いたあと、彼はちゃんと時間をかけて丁寧に説明してくれた。そのためにはまずバカロレアに合格すること、それから、たぶんその後でそれ以上にもっと勉強しなければならないこと。その話し方はとても巧みで、率直だった。いわゆる大人の儀礼的な物言いとはまったく違っていた。彼にまた会うのかと思うと、少し気が引けて、どきどきした。彼は覚えているだろうか。父親を亡くしたばかりだったあの十六歳の娘のことを？　しどろもどろで、ろくに話もできなかった私のことを？

前日、ロベール・ブレッソンはもう一度、撮影スケジュールを厳格に守るようにとプロデューサーに約束させられた話をしていた。「それで、どうするつもりなんですか」という私の質問に、彼は「自分のしたいようにするさ。どうして？」と答えた。

午前の撮影が終わり、私たちは家に戻った。マグ・ボダールとピエール・ラザレフが、東屋の下に特別にしつらえられたテーブルについて、私たちを待っていた。マグ・ボダールは四十歳ぐらいの小柄な女性だった。とてもエレガントで、雌猫か女狐のような雰囲気を持っていた。彼女は私たちの方に迎えに出てきて、力強くロベール・ブレッソンの腕をつかんだ。

「信じがたいほど遅れているのよ、ロベール。それについて話し合わないとね。ゆうべみたいにあなたのお好きなドビュッシーの言葉を引用してごまかさないでね。『一つの和音を選ぶのに、私は一週間かけた』なんて。ねえ、まさか本気じゃないでしょうね。プロデューサーの私に向かってそんなことを言うなんて」

そう言って彼女は笑いながら、異議をさしはさむ隙を与えない調子で、監督を庭の奥へと引っぱっていった。

「どうぞお座りなさい、お嬢さん」

ピエール・ラザレフは自分の隣の空いている椅子を示した。数分間、彼は何も言わず、ただ黙ってパイプをふかしながら、私を観察していた。親しげに、熱心に。善意の波のようなものが伝わってきて、私は安心していた。彼はふいに沈黙を破った。

「君と初めて会ったときのことは覚えているよ。『サン・コロンヌ』で働きたいって言ってただろう。今でもそうかい？」

私がどぎまぎしたのを見て、彼は笑った。

「わかってるよ。今は女優になりたいんだろう。映画が好きになって、この世界に入ってみたいと思っている。映画の世界に。違うかい？」

マグ・ボダールとロベール・ブレッソンが戻ってきた。ピエール・ラザレフが家の方に向かって合図をすると、ジョジーがお盆とシャンパングラスを四つ持って姿を現した。

夜、夕食のあいだじゅう、ロベール・ブレッソンはすっかりふだんの調子を取り戻し、昼食のときの様子や、来客たちの話の内容を語った。ロベール・ブレッソンは、彼らのことをまったくかけ離れた存在、宇宙人みたいなものだと思っているようだった。マグ・ボダールが、その二作目のプロデュース作品にあたる「シェルブールの雨傘」で莫大な成功を収めたことが、とりわけ彼には面白くてたまらないようだった。

「全部歌でできている映画なんだ！　嘘じゃないよ、いや本当、本当、本当だって！」

ジョジーとシャルリーは爆笑し、それはどういうものかと尋ねたので、ロベール・ブレッソンはすぐに説明を加えた。

「みんな歌っているんだよ。自動車修理工までね！　しかもそれが大いに受けているらしい！大ヒットさ！　おかしいだろう。そういうおかしな趣味の女性と組んで仕事を続けていかなければならんのだからね！」

そのとき私がずっと黙っているのを彼が心配したので、仕方なく、自分はピエール・ラザレフとしゃべっていたから、実は彼とマグ・ボダールとの会話はほとんど聞いていなかったのだと打ち明けた。彼は手で優しく私の体をトントンとたたいた。

「ああ、とっても助かったよ。君のおかげで彼の相手をしなくて済んだからね。君の方はひどく退屈したんじゃないかい」

「いいえ、全然。すごく面白くて、すっかり夢中になっていたんです」

ロベール・ブレッソンは驚いたようだった。

「つまり君はピエール・ラザレフが魅力的だったというのかい」

「ええ、そうです！」

またしてもジョジーとシャルリーが爆笑し、ピエール・ラザレフの外見や、その機関銃のようなしゃべり方について、失礼になる限度ぎりぎりの冗談まで言い始めた。ロベール・ブレッソンはじっと考え込み、まるで何か非常に難しいある問題のいい面と悪い面をはかりにかけているような様子になり、突然、腹に一物あるような半笑いを浮かべた。

「まったく君の言うとおりだよ。アンヌ。ラザレフは魅力的だ……。パリの君の友達やどんな若者たちよりもね。また彼を招待しようじゃないか、もし君がそうしたければ」


夕食が終わるか終わらないかのうちに、ロベール・ブレッソンは暑くてたまらないと言い、庭をちょっと散歩しようと私を誘った。彼は陽気で気さくだった。だが私の方は気が乗らなかった。最近はもう夜二人きりになるのを避けていたからだ。

「話したいことがあるのだよ」

彼の声の調子が突然冷たくなった。スタッフを相手にするときの調子に似ていた。それだけですぐに私は不安になった。ただ、彼が私の演技に満足していることは知っていた。何度もそう言ってくれていたし、スタッフの何人かもそのことは保証してくれていた。その日の午後はずっと、マリーが幼なじみで誠実な青年のジャックに再会するシーンのリハーサルをしていた。ジャックを演じるのはヴァルテル・グレーン、「スリ」で見事な演技を見せた少女、マリカの弟だった。私たちはカメラテストのときには会っていなかったので、このときに初めて対面したのだった。シナリオどおり、庭のベンチに腰かけて、お互いにセリフの練習をしながら。けれども何度かリハーサルをしたあとで、ロベール・ブレッソンはそのシーンを撮るのをあきらめてしまった。私たちの芝居も私たちの声も、何もかも気に入らないようだった。このシーンの撮影は週の後半に延期しようと言って、その日は結局、マリーのショットとロバのバルタザールのショットを撮って終わった。

「ヴァルテルには困っているんだ。彼を選んだのは失敗だったかもしれない……」

やっぱりそのことだったのか、と私は安心して、庭園の小道をゆく彼の後についていき、彼が不満を言ったり、心配を打ち明けたりするのを黙って聞いていた。彼は謙虚に、間違えたのは自分の方だと言い、あの若い役者が悪いわけではないのだとかばって、すべてを自分の過ちのせいにした。

「あの役者をうまく使うのは、私には絶対に無理だ」と彼は繰り返した。

撮影が始まってから初めて、彼は俳優の使い方、演出の仕方についての無力を告白しているのだった。ギュイヤンクール教会の鐘が九時半を知らせた。辺り一帯の田園風景は、ひっそりと静まりかえっていた。私は、落ち込んでいる彼がかわいそうになって、元気づけようと彼の腕の下から自分の腕をからませた。

「大丈夫、あなたならきっと彼をうまく扱える……。思い描いている通りのものを彼から引き出せるわ……」

「あいつは硬いんだ。作ったようなしゃべり方をする」

暗くなっていたので、私たちは家の近くまで戻り、ヴァルテルと私が午後を過ごしたベンチの前にやってきた。一階と二階の明かりがうっすらとベンチを照らし、夜空には時々流れ星が瞬いていた。それがこの場所に奇妙にも演劇的な雰囲気を与えていた。ロベール・ブレッソンは私にベンチを指し示し、そこに座るようにうながした。彼は立ったままで、独り言を続けていた。ヴァルテルのカメラテストは悪くなかった。かといってすばらしくもなかった。外見はまさに役柄にぴったりなのだが、本質的なものが欠けているのだ……。私はタバコに火をつけた。

「ああ、ダメだよ、タバコを吸っちゃ！」

彼は私の唇からタバコを引きはがし、自分のモカシンの靴の先で踏みつぶした。それから私の隣に倒れこむように座り、暑いと文句を言いながら、ハンカチで額をぬぐった。私はスカートのポケットに隠してあるタバコの箱からもう一本取り出そうとしたが、彼にさえぎられた。

「君はタバコを吸うには若すぎる。それに私がもうやめようと努力しているのを知ってるだろう。私のために、頼むよ」

彼は私の手をしっかりと握りしめたままだった。

「なんて若々しいんだ……」

彼のもう一方の手が、私の額と頬をなでた。

「君は汗もかいていないし、それに、肌が、本当に、やわらかい……」

彼の態度の変化に気づいて、私は顔をそむけた。そして口実に使われたさっきの会話に、彼が困っているという話に、戻ろうとした。

「ヴァルテルと一緒に何度でも練習します。あなたが満足する出来になるまで。彼に何度でもセリフを読ませてください。私たちに読ませてください」

「いや、君は完璧なんだよ、君は！」

このお世辞に、私も強く反抗する気をなくしてしまった。彼は左手を私の肩に置いたまま、右手で月桂樹の葉をいじっていた。毎日ラッシュを上映するたびに、みんながどれほど私のことを称賛しているか、いちいち例を挙げて教えてくれた。私を選んで本当によかったと言った。それから、近いうちに取材記者とカメラマンが来ることになっていると教えてくれた。

「まずフランス・ソワール。君のお気に入りのラザレフの新聞だよ。それからフィガロ。その後がジュール・ド・フランスとマッチ。断ろうとしたんだけどね、君をそういう猿まねに巻き込みたくないから。でもあのプロデューサーが聞く耳を持たんのだよ。どうやらマスコミには興味深いことらしいね。『フランソワ・モーリヤックの孫娘が映画に出演！』ってね。彼らには最小限の時間だけ相手するんだよ、いいかい。君にはいつも私のそばにいてほしいからね」

彼の声は甘く、籠絡しようとするようだった。暑いので露出させている私の肩を、手で優しくなでていた。一瞬、私はまたその声の魅力に、その眼差しの魅力に、そして私の肌に触れている指の感触に、心をかき乱されてしまった。ほとんど動物のように誘惑に身をまかせたい、彼がこの私をどうしようとするのかを見てみたいという欲望に駆られた。けれどもそれは一瞬のことで、私はベンチの反対側の端に身をよけた。彼の手が私の肩から離れた。私は平静で、彼に対して何の敵意も持っていなかった。

「話したかったことって、それだけ？」

私の質問に答えは返ってこなかった。紫陽花の大きな塊の中で下草や葉っぱが揺れ、以前見かけたトラ縞の大きな猫が飛び出してきて、またしても私の足に体をこすりつけてきた。のどをごろごろ鳴らして、私の注意を引き、遊んでほしいと言っているようだった。私は猫を抱き上げてなでてやり、干し草とミントのいい匂いがするねえお前は、とささやきかけた。

「君は冷たいね」

私は聞こえなかったふりをした。数秒間が過ぎ、

「まだ話の続きがあるんだが、聞いているかい？」

「ヴァルテルのこと？」

「もちろんヴァルテルのことさ！　その変な猫はほっぽって、私の方を見てくれ」

私は頼まれたとおりにした。彼が突然逆上して声を荒らげたので、圧倒されたのだった。おとなしく従った私を見て、彼も気持ちが鎮まったようだった。また何秒間か沈黙が続き、ようやく口を開いた。

「数日後に、友人の夫婦が訪ねてくる。夫の方は数年前から付き合いのある優れた中世研究の専門家だ。奥さんの方は、彼よりも若くて、まだ映画の修士号をとるか音楽の先生になるかで迷

っている。彼女は美人で魅力的だ。ひょっとしたら私は彼女のことをものすごく気に入ってしまうかも……」

彼はそう言いかけてやめ、私を厳しい目でじっと見つめた。私はもう猫をなでるのをやめていたが、猫は私のくるぶしに巻きつき、いっそう激しくのどを鳴らしていた。その猫の暢気な様子とロベール・ブレッソンの真剣な表情のコントラストがおかしくて、私は耐えきれず噴き出してしまった。

「そういう子どもみたいなバカなまねはやめなさい！」

もう私の何もかもが気に障るようで、それがかえって私には面白かった。もっと彼をいらいらさせてやろう、本気で怒らせてやろうという子どもっぽい欲求がわいてきた。それはもしかしたら私が手に入れた彼に対する新しい力を試す手段なのかもしれなかったが、それよりはむしろ遊びのようなものだった。わざと無礼で横柄な態度をとるのが楽しくて仕方がない若い娘と、遺物となった権威に固執する年とった男性とのあいだの、単なる駆け引きだった。彼は深く息を吸った。

「いいかい、よく聞きなさい。これは君にとって大事なことなんだからね。今言ったように、私は友人の若い奥さんに惹かれている。好きになってしまうかもしれない……。もし君がもっと私に優しくしてくれなければ、もう少しだけでも私を愛してくれなければ、私は君を好きではなくなって、彼女を好きになってしまうかもしれない。その奥さんをね。わかったかい」

「それはいい考えだわ。その人を好きになったら?」

悪乗りしていた私は、何のためらいもなく即座にそう答えた。まるでピンポンの打ち合いをしているみたいに。ところが私の言葉は、彼には銃弾のように突き刺さったのだった。彼はがっくりとベンチにへたり込んだ。猫は草地の方に逃げ出した。猫が遠ざかって暗闇の中に姿を消すのが見えた。ロベール・ブレッソンの押し殺したような息づかいが聞こえていた。

「そんなことを、本気で思ってはいないだろう」と彼はつぶやくように言った。

「本気よ。その人を好きになったら?　おやすみなさい」

私は立ち上がった。ぐったりとした彼をベンチに残して歩き出した。試合に勝ったような気がしていたが、その時にはもう口の中に奇妙な味が残っていた。たぶん彼と私は同じゲームをしてはいなかったのだろう。一瞬、戻ろうか、戻って彼に優しくしてあげようかという気持ちに駆られた。「あなたがほかの人を好きになってもかまわないのよ」というのが、自然に私の頭に浮かんできた言葉だった。けれども、疲れと暑さ、そしておそらくほかの、あまり追求する気になれない別の理由のせいで、私は急に嫌気がさして、彼を置き去りにしたまま自分の部屋に寝に帰った。

翌朝、まだ半分寝ぼけたまま、食堂でロベール・ブレッソンに会った。彼は朝食を食べ終えて、撮影現場に向かおうとしているところだった。私は急いで大きなカップに入ったブラック・コーヒーを飲みほし、いつものように彼の後についていこうとした。けれども彼は、私に座ったままでいいというしぐさをし、陰気な声でこう言った。

「君は必要ない。ここにいてセリフの練習をしていなさい。今日の午後、ヴァルテルとのベンチのシーンをやり直す」

「でも私、撮影現場に行きたいわ！」

彼は肩をすくめ、立ち上がって部屋を出ていった。一言も言わず、一瞥もくれずに。数秒後、ものすごい勢いで車を発進させる音が聞こえ、それからまた何も聞こえなくなった。一階のどこかで家政婦が掃除機をかけるぶんぶんとうなるような音だけが聞こえていた。

私は茫然としていた。毎日必ず自分の隣にいるように要求していたロベール・ブレッソンが、今日は私に家から出ないように命じたのだ！　私から撮影を奪うということは、一番大事なものを奪うということだった。そのことを彼はよく知っていた。彼は残酷に、意地悪く、私を罰したのだ。そうして彼こそが、私を受け入れたり排除したりする権力を握っているのだということを思い知らせたのだ。彼なしでは、私など何者でもないということを思い知らせたのだ。

一台の車が庭に止まった。ドアの開く音が聞こえ、機材班チーフの奥さんがジョジーを呼んだ。奥さんは、夏のあいだ夫と離れ離れにならないように、撮影についてきていたのだった。製作会社の方も、ついでにちょっとした仕事をこの奥さんに頼んでいた。私のにせポニーテールをセットすること、私の衣装、つまりサマリテーヌで買ったエプロンドレスとマリンブルーのスカートとリバティの花柄のブラウスを管理することだった。撮影のあいだじゅう、彼女はおとなしく隅の方にいて、家族のためにセーターを編みながら、夫がせわしなく行き来する様子を監視していた。「映画って、若いさかりの男の人にとっては誘惑の多い世界でしょう」と彼女は以前ジョジーに説明したことがあって、二人は意気投合していた。ここでコーヒーを飲んだ後、彼女がまた現場に戻ることを私は知っていた。あと十分も我慢すれば、一緒に乗せていってもらえるだろう。

そうして私は、今では家族のように仲良くなったあの男性ばかりの撮影チームのことを考え始めた。三週間のうちに、私はみんなのファースト・ネームもファミリー・ネームも全部覚えていた。彼らの仕事や、時には彼らの趣味や、もっと個人的な秘密も知るようになった。スタッフたちの方も、完全に私の存在に慣れ、私の明るさや飾り気のないふるまいをとても褒めてくれていた。私はこのチームの中で唯一の若い娘でもあり、そのことが私に特別な位置を、人もうらやむような位置を与えていた。私はもう子どもとしては扱われていなかったが、まだ女としても扱われていなかった。私はまったく映画スター的なところをもっていなかったし、またそうなろうとも思っていなかった。私はただ彼らと同じ資格で、映画の製作の中で一つの役割を占めていただけだった。そして、そうした職人の男たちから認められ、褒められるというのは、この上なく気持ちのいいことなのだった。過去も家族も関係なく、ただ毎日、みんなでともに仕事に取り組み、その仕事のためだけに存在するということに、私は陶然としていた。

ジョジーが私を夢想から引き戻し、私の身長とバストサイズを尋ねた。突然の妙な質問にどういうことだかわからず彼女を見ていると、機材班チーフの奥さんが訳を説明してくれた。ロベール・ブレッソンが、彼女たち二人に、私のナイトドレスとスリップとブラジャーを買ってくるように頼んだのだという。

「ナイトドレスは、あなたが夜中に起きてロバに花を飾り付けるシーンのためで、残りはあなたが服を脱ぐときのためよ」とジョジーは言い添えた。

「私が服を脱ぐとき⁉」

「そう、穀物商の家で」

私は仰天した。ロベール・ブレッソンは一度もその二つのシーンの詳細を教えてくれなかったし、私も尋ねたことがなかった。記憶では、シナリオにも詳しい記述は一切なかったと思う。あるいは私がいい加減に読み飛ばしていたのだろうか。

「監督は、あなたを怖がらせないように何も言わなかったのよ。そうしておけば、何も知らないまま当日になるでしょう。そしたらもう逃げられなくて、監督の言うとおりにするしかなくなるわけ。あなたはお嬢ちゃんだから、この世界のやり方をあまりよく知らないみたいだけど」と機材班チーフの奥さんが口にした。

自分が真っ青になるのがわかり、両手がテーブルの下で震え始めた。二人の女性は、おしゃべりを続けていた。とくに意地悪なわけではなかったが、その下世話さが私を傷つけた。彼女たちに言わせれば、映画に出る若い娘というのは、服を脱いでみんなに体を見せるためにそこにいるのだった。私もお高くとまったりしないで、演出家に従うべきだというのだった。私は、自分が「フレッシュな肉体」なのであり、「いやでも身を任せるしかない」のだということを教えられた。「撮影現場に行かないといけないんです。車に乗せて行ってください」。わずかに残る力で私はそう言った。

野原に囲まれた道のほとりで、主要なスタッフたちがみんなカメラの後ろに集まっていた。その日に予定されていた最初のカットの準備がほぼ整っているようだった。不良グループが通りに油をまいて、やってくる車を滑らせて事故を起こさせようとするシーンだった。ロベール・ブレッソンが拡声器を手に、道の曲がり角の向こうに隠れているチーフ助監督に指示を与えていた。チーフ助監督は車を出発させる役目だった。セカンド助監督は、フランソワが油をまいて缶を遠くに投げ捨てる合図を送る手はずになっていた。全員が完璧にタイミングを合わせ、一致協力する必要があった。

その日は朝から飛行機が頻繁に上空を飛び交い、音響技師のアントワーヌ・アルシャンボーは何度も撮影を中断させていた。彼はロベール・ブレッソンの長年の仕事仲間で、ほかの技師よりも気安く要望が出せたが、ときにはそうした気安さを濫用することもあった。彼の隣で、ギラン・クロケが露出計に片目を張りつかせ、ちょうど灰色がかった理想的な青さになっている空にもうすぐ大きな雲が来てしまうことを告げた。

「静かに！」

「スタンバイ！」

「回りました！」

「ハイ、ヨーイ！」

「バルタザール、一一七、テイク8！」

「アクション！」

すべてがうまく運んだ。朝の開始以来、初めてのことだった。だがスタッフたちは緊張したままだった。

「すぐにもう一回やり直し。スタンバイ！」とロベール・ブレッソンが叫んだ。

「ダメです、監督」

ギラン・クロケが、相変わらず露出計に片目を張りつかせたまま答えた。

「光が完全に落ちてます。あの雲が行ってしまうまで、十分はかかりますよ」

ロベール・ブレッソンはカメラの横の自分の席から立ち上がると、ものすごい剣幕で撮影監督のところに近づいた。まるでこの変わりやすい天候の責任がギラン・クロケ個人にあるかのように。

「バカを言うな。時間がかかり過ぎる！」

「仕方がありませんよ、監督。雲にちょっと離れてくれる？って頼むのは、無理ってもんです」

この二人が仕事しているのを見るのは楽しかった。少し気が紛れた私はカメラのまわりに集まっているグループの方に進み、二人にあいさつした。ロベール・ブレッソンは私に気づくと、満面の笑みを浮かべて近寄ってきた。

「ああ！　やっと来たね！　まったく、君がそばにいないと何もかもうまくいかないよ……」

私がこの場所にいなかった理由などまったく忘れてしまったかのような態度に、私は完全に怒る気をなくしてしまった。本当にもう全部忘れてしまったのだろうか。わざと悪意を装ったゲームに私がまんまとだまされたのだろうか。それとも彼は本当に真剣だったのだろうか。彼は私の頬に愛情をこめてキスをすると、夜のあいだ、映画の音楽選びに頭を悩ませていて、ほとんど眠れなかったよと言った。

「ドビュッシーにしようと考えていたのは間違いだった。シューベルトのソナタの方が……」

「私、ブラジャーやスリップ姿でなんて絶対に出ません」

彼はたちまち固まった。私の攻撃の激しさに驚いていた。

「何の話か、わからんね」と彼はしどろもどろに言った。

私はまた手足が震えていた。でも自分が怒るのはまったく正当だと思っていたし、彼のしらばっくれる様子にも腹が立っていた。

「ブラジャーとスリップ姿の私を撮るなんて、絶対にさせません……。絶対に……。私、病気になってしまいます。映画を、やめます……」

涙が目からこぼれてきて、抑えることができなかった。彼の前で泣くのは悔しかった。辱められた気持ちだった。あれほど尊敬し、あれほど信頼していたこの男の人に裏切られ、辱められたのだ。だがそのとき雲が遠ざかり、誰かがロベール・ブレッソンを呼ぶ声が聞こえた。彼は私を抱きしめ、ポケットからハンカチを取り出すと、それをむりやり私の手に押し込んだ。

「そんなに嘆き悲しむ君を見ているのは耐えられない……。君が同意しないようなことは、絶対何もしないよ」

彼はもう一度私を抱きしめると、自分の持ち場に駆け戻っていき、カメラの真横に立った。

「スタンバイ！」

「ハイ、ヨーイ！」

彼に反抗したという緊張に耐えきれなくなって、私は草の上に倒れこんだ。顔の汗をふき、通常の呼吸を取り戻そうとした。例の元恋人がこそこそと私に近づいてきたのは、その瞬間だった。

「どうしたの？」と彼はひそひそ声で言った。「ひどく動転してるじゃないか。ブレッソンもだ。君また何かやったの？」

まるで当然私の方が悪いと思っているような口調だった。私はまた泣いた。どうしてこの人はこれほど無神経になれるのだろう。彼はここ数日ずっと私を無視していた。遠くからあいさつするだけだった。コーデュロイのジャケットのポケットにもプレゼントが入っていることはなかった。私は彼のことを悪く思わないよう努力した。撮影隊のほかの男の人たちを、ほかのすべての男の人たちを好きになることで、彼を忘れることさえできそうになっていた。この人は何一つ私に与えることができなかったのだ。この平凡な、ごくつまらない最初の恋の悲しみを、私が笑い飛ばせる助けになるようなものは何も。突然ものすごく苦しくなり、私は泣きやむことができなくなった。その間、彼はおろおろと私を見つめながら、ますますうろたえていった。しばらくたってやっと彼は私を助け起こし、抱きしめて、一瞬ぎゅっと引き寄せてくれた。「あなたのことが本当に恋しいの……」と私はつぶやいた。「違うよ。そうじゃないってことは自分でもよく知ってるだろ」。彼はすぐに私を押し返した。「ひどい人！」と私は叫んだ。ちょうど彼を探しに来たアシスタントが驚いた顔をしていた。

私たちはまた撮影のために特別にしつらえられた庭園の一画に戻っていた。荒れ果てた雰囲気を出すために、美術係があちこちに枯れ枝や枯れ葉、茨などを付け足していた。前日と同じく、ヴァルテルと私はベンチに並んで座り、「大人になったジャックとマリーの再会のシーン」と名付けられたシーンを演じようとしていた。しかし、前日と同じく、まったくうまくいかなかった。「駄目だ、駄目だ、駄目だ」とロベール・ブレッソンは文句をつけた。彼は自分のいら立ちを隠しきれず、スタッフたちはただ黙って待つしかなかった。機材班や電気技師チーフをはじめとして、スクリプターやその他さまざまなアシスタントにまで張りつめた空気が広がっていった。

――君は僕が約束したことを覚えているかい？　昔、このベンチで……。ほかの人を好きになったりしないって……。

「違う！」

ロベール・ブレッソンは、カメラのそばのアームチェアから立ち上がり、シナリオを手に私たちの前にやってきた。ヴァルテルに向かって言う。

「私が言ったことを聞いていないのかね！　君は考えようとしている、演じようとしている。そうじゃないんだ！　聞いているかね。今この瞬間に私が言っていることを」

「はい、監督」

「じゃあ、やってみたまえ」

——君は僕が約束したことを覚えているかい？　昔、このベンチで……。ほかの人を好きになったりしないって……。

——でもジャック、私よくわからないの、あなたのことが好きなのかどうか……。

——そんなに難しいことなのかい。

「違う！　それじゃ棒読みだ。わざとらしすぎる。おまけに、アンヌまで引きずられて、君みたいにしゃべるようになってしまったじゃないか！」

ヴァルテルはうつむいて自分の靴の先をじっと見つめていた。彼はこの場の状況にまったく動かされていないように見えた。無関心で、上の空だった。まるで自分以外のどこかから解決策が降ってくるのを待っているように。けれども、たぶんそれは自分の傷ついた感情を隠すためだったのだろう。彼はたぶん、ひどく傷ついていたのではないだろうか。こんなふうに悪しざまに罵られ、撮影隊のいらいらもどんどん高まっていく中で、どうして平然としていられるだろう。チーフ助監督がやってきて、低い声でロベール・ブレッソンと何か会話を交わした。ロベール・ブレッソンはうなずいて、ベンチのすぐそばまで寄ってきて、その高い背から私たちを見下ろしながら言った。

「時間の無駄だ。このリハーサルはまた撮影の後にすることにしよう。うまくできるようになるまで読んでもらうからな」

「シーンの変更」とチーフ助監督が叫んだ。「荒れ果てた庭にやってくるバルタザール。背景の変更なし！」

全員が一斉にざわめき、各自、自分の仕事に急いで戻った。私はベンチでヴァルテルの隣に腰かけたままだった。彼はむっつりと押し黙り、固まったように動かなかった。一日中ここにいるつもりだろうか。私は彼の手に自分の手を重ねて、くじけちゃいけないわと熱意を込めて励ました。私たちは一流の映画に出ているのよ。演出家は私たちから最良のものを引き出そうとしてくれているのよ。ジャックとマリーを演じるために選ばれるなんて、考えられないような幸運を私たちは手にしているのよ。

「ふん」。彼はうんざりといった顔つきで口をとがらせてみせた。

それから立ち上がり、それ以上何も言わずに、だらだらと家に戻っていった。

何人かのアシスタントが茂みの後ろに隠れていた。ロバをおどかして飛び出させるためだった。ロバは、記憶に導かれるようにしてこの庭園にやってくるという設定だった。昔、まだ幼かったロバは、子どもだったジャックとマリーに可愛がられ、幸せな時代をこの庭で過ごしていたのである。

バルタザールに言うことを聞かせ、うまく演技させるのは至難の業だということがすぐにわかった。撮影隊は大変な苦労をする羽目になった。どうやってこの動物に、しかるべき時に、しかるべき場所でいななかせることができようか。というのも、バルタザールはいななくことにかけては確かに立派な能力を発揮していたのである。何キロも離れたところまで聞こえ、そのために何度も撮りかけたショットを中断しなければならなかったほどだ。「どうしたらいいんだ。ええ、まったく」とロベール・ブレッソンは嘆いていたが、どうにもならず、無駄な時間だけが積み上がっていった。「ロバに話してみたらどうです」とギラン・クロケが皮肉っぽく提案したことがあった。するとロベール・ブレッソンは、一時間以上にもわたって、懸命に笑いをこらえているスタッフ全員の前で、ロバに説教し、懇願したのである。しまいに彼はがっかりしてこう言った。

「ロバの耳に念仏だ」。

解決策を見つけたのは音響技師のアントワーヌ・アルシャンボーだった。彼はバルタザールのいななきを、現場から遠く離れたところで録音してくることに成功した。それから彼はそのテープとテープレコーダを持って、何かたくらんでいそうな様子で戻ってきた。「おい、一体何をする気なんだ！」とロベール・ブレッソンはいらいらして叫んだ。「静かにして下さい、監督。おうい、みんな静かにしてくれ！」、そう言いながら、彼はテープレコーダのボタンを押した。バルタザールのいななきの音が響き渡った。すると、その場にいた全員が驚いたことに、バルタザールもそれにこたえて、いななき始めたのである。それ以来、毎回テープレコーダをスタートさせるたびに、バルタザールは別のロバが鳴いていると思って、それにこたえるようになったのである。

だがその日は、いななきはまったく予定に入っていなかった。バルタザールはただ庭に現れ、どの方向に向かうか迷った末、最後に正しい道、かつての自分の厩舎へとつづく道を選ぶという設定だった。その厩舎で、そのあとマリーがバルタザールを見つけるのである。

けれどもいつもと同じく、予定していたようにはまったく進まなかった。ロバはちっともいいタイミングで現れてくれなかった。回れ右をするのが早すぎたり、間違った道を選んでしまったりした。機材班と電気班、それに私が応援に呼ばれ、半円状に取り囲んで、唯一空いている道の方に、正しい道の方に逃げ出すように仕向けたりした。アシスタントの人たちの叫び声に私たちの叫び声も加わって大騒ぎになり、バルタザールもやっと観念してくれたようだった。ロバはぴったりのタイミングで現れ、ちょうど必要な時間だけ迷い、そして正しい道の方に消えていったのである。

次のショットは、動かないバルタザールのクローズアップだった。ロベール・ブレッソンはカメラの前に立って激怒していた。「奴はちゃんとした方向を見とらん！」毎回そうだが、ロベール・ブレッソンは心の底からこの《役者》の不服従に憤慨していて、私たちみんなに向かって嘆くのだった。「奴は私の言うことを聞かん！」アシスタントたちが、バルタザールの注意を引こうと小枝を振ったりして、ようやくロバは正しい方向を向いてくれた。だがそれでもまだ十分ではなかった。「奴の目がちゃんと輝いとらん！」


機材班と電気班が機材を物置に片づけているあいだ、制作進行係が翌日の予定を書いた紙を配っていた。私の名前はヴァルテルと一緒に載っていた。またしてもあの再会のシーンだった。近くにいたギラン・クロケは、最新の天気予報を聞いてとても心配していた。ヴィラクブレーにまた雨が戻ってくるらしかった。

「パリ近郊で撮る予定だった室内シーンはほとんど全部撮り終えたんだが、屋外シーンがものすごく遅れていてね。ほかにまだピレネーでの撮影予定もあるし。あっちでは夏の初めからひどい土砂降りなんだ。ブレッソンは、モノクロ映画の場合には、一つの原則を持っていてね、それは確かに正しいんだ。つまり、屋外シーンはかんかん照りで撮らないと、室内シーンの光が偽物に見えてしまうということなんだ。だから彼はあんなに夏に撮ることにこだわるんだよ」

来週以降に予定されているシーンのうち、天候が悪いと支障を来すシーンを数え上げたあと、彼はこうしめくくった。

「結局、ここであと撮らなきゃいけない室内の大きなシーンはあれだけだね。穀物商の家のシーンだ」

私は飛び上がった。朝あんなに頭を悩ませていたことを、午後になってこんなにきれいさっぱり忘れていたなんて。みんなの前で服を脱がなければならない、ということを思い出すだけで、頬が真っ赤になっていくのを感じた。自分の動揺を隠そうと、いかにも好奇心を持っているという様子を装って、尋ねてみた。

「そのシーンはどうやって撮影される予定か、知ってる？　ブレッソンは何も言ってない？」

「今のところ、照明の話しかしていないな。穀物商は灯油ランプを使うだろう。覚えてるかい」

私の中の何かに、彼は気づいたのだろう。急に彼はじっと注意深く私を見つめた。まるで私が彼に何かを打ち明けるのを待っているように。ギランは本当に優しい人だった。私が困っていればすぐに直観で見抜き、温かく包み込んでくれる。おまけにデリケートだった。彼はためらいがちな声で、立ち入ったことを訊くようだけど、とあらかじめ断りながら、何か悩んでいることがあるの、と尋ねた。私は一瞬迷った。ここで彼に打ち明けてしまえば、どんなに心が軽くなるだろう。けれどもそれは不可能だった。たとえ少しでも自分が怖がっていることを彼に話せば、ロベール・ブレッソンを裏切ることになると私は考えていた。私たちはバルタザールの厩舎の壁にもたれかかっていた。目の前では、機材班が片づけを終え、パリに帰る準備をしていた。ギランも一緒に帰らなければならない。彼らみんなにとって、今日もまた一日が終わったのだ。

「ギラン、あなたはどうしてそんなに私のことを心配してくれるの」

「あのブレッソン監督のことがあまり好きじゃないからさ」

「どうして」

「わからないんだ、まだ。でも僕は、自分の娘は絶対に彼には預けないね、絶対に……。ほら、うわさをすれば、だ。君が自分以外の男と話しているのを見つけて、ひどくお気に召さないようだぜ」

ジャックとマリーの二つの長いシーンを撮る予定の木のベンチの上で、ヴァルテルは待っていた。私たちがやってくる音を聞いても、彼は身じろぎもしなかった。執拗に視線を落としたまま、顔を上げもしなかった。私は彼の横に座った。彼の沈黙と、心ここにあらずといった雰囲気に圧倒されていた。ロベール・ブレッソンは私たちの前に立ちはだかって、台本を神経質そうにいじくりまわしていた。

「よし」とようやく彼は言った。「もう一度はじめよう。いいかね。ヴァルテル、君は私が昨日からずっと言い続けていることを覚えているかね。え？」

「はい、監督」

「では、言ってみたまえ」

「……」

「じゃあ、もう一度言おう。私が望むのは、君があらゆる意図を消し去ることだ。君はジャックになろうと演じてはいけない。内面で演じても、ただ演じても駄目だ。一切演じてはならない。さあ、始めて！」

ヴァルテルは集中しているように見えた。それから、演出どおり、顔を私の方に向けた。その疲れ切った眼差しは、ほとんど空虚で、何か明確なものに焦点を合わせることに苦労していた。


――君は僕が約束したことを覚えているかい？　昔、このベンチで……。


と彼はしゃべりだした。

「違う！　君は〈ベンチ《バン》〉という言葉を強調しすぎだ。君の発音を聞いていると、『バァン』という爆発音に聞こえる。もっとそっけなく、〈ベンチ《バン》〉だ。言ってみなさい。〈ベンチ《バン》〉」

「ベンチ《バン》」

「じゃあもう一度初めから」

――君は僕が約束したことを覚えているかい？　昔、このベンチで……。ほかの人を好きになったりしないって……。

――でもジャック、私よくわからないの、あなたのことが好きなのかどうか……。

――そんなに難しいことなのかい。


「違う！」

ロベール・ブレッソンは、どうしたらいいかと何かアイデアを求めて、私たちの前を行ったり来たり歩き始めた。どんどん悪くなっていくこの状況を劇的に解きほぐしてくれるような、魔法の解決策や説明の仕方を探していた。自分を抑えようと懸命になっているにも関わらず、彼の緊張が高まっていくのがよくわかった。彼も、ヴァルテルもかわいそうだった。ヴァルテルは依然として自分の殻に閉じこもったきりで、私たちにも、この映画にも、まったく無関心だった。ロベール・ブレッソンは自分の台本を開いて、私に差し出した。

「読んでみて」と彼は言った。

そしてヴァルテルの方に向き直りながら
「よく聞きなさい。彼女のセリフをよく聞きなさい」

私は言われたとおりにした。ときどき、言葉につっかえて、恥ずかしくて止まってしまったりした。するとロベール・ブレッソンは、手で合図して、続けるようにと励ましてくれた。私は彼の目の優しさ、彼の信頼を感じていた。不思議な電流が、彼と私のあいだに流れ、私は彼が望むとおりに読むことができた。何の努力もなく、即興にまかせて。ようやく、彼は終わりだと私に合図し、再びヴァルテルの方に向き直った。

「聞いたかね」

「はい、監督」

「これで君もわかってくれたと思うんだがね、アンヌはマリーだ。私の映画の人物なんだ。なぜなら彼女は彼女自身のままでいることを受け入れているからだ。彼女は何の意図も付け足していないし、心理だとかを持ち込んでいない。彼女はただ彼女でいるだけで、そして本物なんだ。それなんだよ、君に求めているのは。さあ、やってみよう」

だがヴァルテルは、もうこれ以上繰り返そうという気にならないようだった。彼は立ち上がり、数歩進んで、トレーニング前の若いスポーツ選手のようにゆっくりと両手両足を広げて伸びをした。ロベール・ブレッソンは、突然のことに唖然として、口をはさまずにただ彼がそうするのを見ていた。庭園ではアマツバメがさえずり、木々のまわりをだんだんと小さくなる円を描いて飛びまわっていた。空気がなまあたたかくなり、香りづいてきた。子どもたちの叫び声が近くの野菜畑から上ってきていた。この田舎の夏の午後ののどかな空気に影響されたからだったのだろうか。ヴァルテルは初めて、ロベール・ブレッソンに向けて愛想のよい率直な笑みを浮かべてみせた。

「たいへん申し訳ありません。監督」と彼は言った。「僕には監督がおっしゃるようなことは、とてもできそうにありません。今すぐ映画を降りたいと思います」

今や彼はロベール・ブレッソンとまっすぐ向き合っていた。彼らは二人とも同じ背丈で、同じように優雅な身のこなしと着るものの趣味のよさを共有していた。二人は一瞬、とてもよくしつけられた男同士として、視線で互いを探り合った。

「それは問題外だ」とロベール・ブレッソンは穏やかに言った。「もう少し練習すれば、君はきっとできるようになる。これまでみんなそうだったようにね……」

「アンヌは僕よりずっと上手《うま》いんですよ……」とヴァルテルは言い始めた。

「アンヌは上手いんじゃない。ただ敏《さと》いんだ。それがすべての違いだよ」

彼はあごを動かして、私にベンチからどいて、二人だけにしてほしいと合図した。彼はヴァルテルの肩に手を置いて、有無を言わせず自分の隣に座らせた。

「これから一時間」と彼は言った。「私たちでごく簡単な読み合わせの練習をしよう。君が音節を等しく発音できるようになるように、つまり個人的な意図は全部消し去ってしまえるように、ね」

夕食のときにロベール・ブレッソンは、製作主任に連絡しておいてくれとシャルリーに頼んだ。ヴァルテルはまだジャックを演じられる状態になっていない、そのシーンの撮影は来週に延期しなければならない、したがって製作スケジュールも変更せざるをえない、という連絡だ。「この三日間でもう三度目ですよ」とシャルリーは異議を唱えた。「パリの人たちがそれを悪くとらなければいいですがね!」ロベール・ブレッソンは肩をすくめ、私の方を向いた。「週末のあいだヴァルテルに練習させたい。だから君も一緒にギュイヤンクールに残っていてほしい」。今度は私が異議を唱える番だった。ママがレ島から帰ってくるし、もう一ヶ月以上会っていない、土曜日に祖父母の家で、ママと会うことはもう約束済みだったでしょう、と。「私には君が必要なんだ。君を頼りにしているんだよ」とロベール・ブレッソンは繰り返した。この話はそれで終わりだった。

けれどももう一つの話の方、相変わらずずっと私の気にかかっていた話題の方はまだ終わってなかった。私はそれを夕食のあとでもう一度持ち出した。私たちは外に出ていた。ロベール・ブレッソンも、昼間のギラン・クロケと同じく、天気予報が告げる天候不順を心配していたからだ。実際、空はどんよりとした雲に覆われていた。

「私は下着なんか着ないって、ジョジーにきちんと言っておいてください。だから買いに行く必要はないって」と、私は一息に言った。

彼が返事をせず、しつこく空を見上げたままだったので、私は念を押した。

「今朝、そう言ったでしょう」

「今朝、私は何も言っていない」

「言ったわ！」

「言っていない」

彼の不誠実な態度にかっとなって、私は思わず勢いにまかせて混乱したことをしゃべり始めたが、彼はすぐにそれをさえぎった。

「私は今日、あの穀物商のシークエンスをどうやって撮ろうかと考える時間はないんだ。君はずっと一緒にいたから、わかっているだろう」と彼はゆっくりと言った。「君がスリップ姿になりたくないと拒否するのは、私にはずいぶんバカげたことのように思えるんだけどね。じゃあ何がいいんだい？　裸の方がいいのかね？　でもたとえ君が裸になりたいといっても、私の方が許さないよ。思い出してくれ。映画の最後でマリーが不良たちに襲われて服を脱がされるシーン……。不良少年たちが行ってしまってから、裸のマリーが映るけど、そこに代役を使うことを要求しているのは私なんだよ……。スタッフ全員の前で君の裸をさらすなんて、私には耐えられないからね……。そういえば、君の代役がまだ見つかっていないんだよ。それも考えなければ……」

そう言って彼は、美術学校でモデルの仕事をしている人たちに声をかけて探しているという話をした。何人か候補に上っているが、まだ面接しに行く時間がないのだという。「私の体は一つしかないからね！」と彼は嘆いてみせた。それから彼は、美術や照明の問題点や、製作主任が毎日プレッシャーをかけてくるといった話をした。とぎれとぎれで、ほとんどの文をきちんと言い終えないような話し方だった。私は斜めから彼を見ていた。暗がりだったが、その顔に疲労のしるしが刻まれているのがわかった。口元が力なくだらんと垂れさがり、額や目元、首のまわりのしわがいつもより深くなっていた。けれども私は攻撃を緩めなかった。

「毛布か何かで体をくるむのはどうですか。薄い掛け布団とか、バスローブで……。そうすれば、その下は裸でいるように見えるでしょう。どう思います?」

「何も思わんね、今日は。さあ、もういい子だから、行って寝なさい。ちょっと一人になりたいから」

彼は手を振って私に行くよう合図した。そして、私がまだぐずぐずしていると、背を向けて、庭園のさらに奥に向かって進んでいった。まるで一気に何年も老けこんだみたいに、猫背になり、用心深くよちよちと歩いていた。私はその変化にひどく戸惑いながら、自分の部屋に戻った。戸惑いながら、同時にほっとしてもいた。私たち二人の対決の中で、自分が決定的なポイントをひとつ上げたような気がしていたからだ。でもどういうポイントだろう。それを言葉にすることはできそうにない。ただ何となくそんな印象がしていただけだった。けれどもこの印象はとても強烈だったので、それ以後、もう穀物商のシーンの話を持ち出すことがためらわれ、それきりになってしまった。だから、しばらくして配られた予定表にそのシーンのことが載っているのを見たとき、私はあらためてロベール・ブレッソンに問いただした。「私の裸の問題はどんなふうに解決したんですか」「君の裸の問題だって？　初めからずっと掛け布団にくるまるってことに決まってたじゃないか」

不良少年たちは、乞食のアルノルドをしつこく蹴りつづけていた。アルノルドも彼らの格好の餌食の一人だった。マリーは走ってやってきて叫んだ。「卑怯者！」そしてリーダーのジェラールを平手打ちした。ジェラールはすぐに殴り返した。天気はよく、みんな機嫌が良かった。私たちは朝からずっとこのシーンのリハーサルを続けていた。

いつものように、ロベール・ブレッソンは自分の望むことを完璧に心得ていた。私は本物の平手打ちを相手に与えなければならなかったが、相手の方は逆に、ふりをするだけでなければならなかった。「アンヌに痛みを与えてはいかんぞ！」と彼は絶えず強調し続けていた。「はい、監督」。ジェラールを演じるフランソワ・ラファルジュは答えていた。ロベール・ブレッソンは、私の頬のどの点を打つかまで正確に指し示し、私が同時にどんなふうに顔をそむければいいか真似してみせた。私たちは何度もこのシーンを練習し、本番に入ろうとしていた。だが、フランソワの頬を張らなくてはいけないと思うと、ひどく嫌な気持ちになった。

「本当に平手打ちしなきゃいけないよ」とロベール・ブレッソンはしつこく念を押した。「君みたいに華奢な若い女の子がどんなに殴ったって、彼みたいな若い男が痛いことはないからね……。丈夫だから、男ってもんは……。だろ？　フランソワ」

「はい、監督」

フランソワはいつものように平然としていた。彼はいつも物静かで、まったく意見を発することがなく、映画の進み具合にも大して興味がないように見えた。彼と私たちとの関係は友好的ではあったけれど、冷淡なものだった。彼の機嫌は、どんなときでも変わることがなく、一定だった。求められているものを即座に理解し、びっくりするほどやすやすとそれを実行してみせた。彼と私は、ほとんどテイクがないことで共通していて、「フィルムの節約になる」とスタッフたちのあいだで言われるほどだった。

「アンヌ、君は走ってやってくる」とロベール・ブレッソンはもう一度要点を説明していた。「地面のしるしのところで立ち止まり、彼を平手打ちする。本気でだよ。フランソワ、君も平手打ちを返す。でもふりだけだ。さっき打ち合わせたとおりにな。わかってるね、フランソワ。アンヌは何も感じてはいけないからね！」

「はい、監督」

「よし、じゃあやろう」

「静かに！」

「スタンバイ！」

「回りました！」

「ハイ、ヨーイ！」

「バルタザール、三六〇、テイク1！」

私が受けた平手打ちは、あまりに激しいもので、私は一瞬茫然として、痛みの叫びをあげることすらできなかった。逆に周りの人たちが大声をあげていた。最初に叫んだのはロベール・ブレッソンだった。「カット！　上出来だ！」それからスクリプターが、私たちにすぐ第二テイクにかかれるかと聞いてきた。ギラン・クロケが何か罵り声をあげながら駆け寄ってきた。私のあの元恋人が、今回ばかりは少しおびえたような様子を見せ、静かにしよう、とみんなに呼びかけていた。ほかの技師たちは、この騒ぎを遠巻きに眺めていた。やや困っているようにも見えた。フランソワは、次に起こることを待ちかまえながら、じっと地面を見つめていた。私を本気で力いっぱい平手打ちしたことは、ほとんど気にしていないように見えた。

「もう一度やりますか」とチーフ助監督が尋ねた。

「ダメだ！」とギラン・クロケが叫んだ。

彼はまるで誰も私のところに近寄らせないとでもいうかのように、私の隣にしっかりと立っていた。激怒した目で、フランソワとロベール・ブレッソンを見つめた。何か罵っている言葉が聞こえた。スタッフたちが一斉に沈黙してしまったところをみると、彼の怒りはよほど強烈な印象を与えたに違いない。

「こんなサディスト的な行為は映画とは何の関係もありませんよ、監督」。彼は全員に聞こえるように、一語一語はっきりと区切って発音した。「もう少しでこの野郎は彼女の頭を捻じ曲げてしまうところでしたよ！　第二テイクや、第三テイクなんて、もってのほかです……」

「誰がもう一回撮り直すなんて言ってるんだね、クロケ。さっきのは見事だったよ。あれを使うことにして、ほかのことにかかろうじゃないか」

ロベール・ブレッソンは私たちの方に近づき、落ち着いてというように両手を前に差し出していた。彼は夢見るような目を撮影監督の方に向けた。撮影監督の方は、この思いがけない返答に戸惑い、反論できなくなってしまった。それからロベール・ブレッソンは私の方にとても優しい目を向けた。

「私のかわいいアンヌ、痛くなかったかい」

それからまた、厳しい、とがめるような目になって
「フランソワ、フランソワ……。どうしてあんなに強く殴ったりしたのかね。平手打ちは見せかけだって言ってあったじゃないか……。リハーサルもしたし……。あれはよくないね、フランソワ、あれはよくないよ……」

「すみません、監督」

フランソワは相変わらず地面を見つめたままで、ちっともすまながっている様子ではなかった。彼がまったく私のことを気遣わないので、私はだんだんとショックを受け始めた。そして今度は私の方に怒りが湧いてきた。ロベール・ブレッソンはそのことを見抜いた。

「彼を許してやってくれ、アンヌ……。不器用で無骨だからね、若い男ってもんは。つい力が入ってしまったんだろう……。だろ、フランソワ？」

「はい、監督」

彼は地面を見つめるのをやめ、大げさなくらい無邪気な様子で私たちの方を見た。ロベール・ブレッソンは私を彼の方に押し出した。まるでお互いに抱き合うか握手をして仲直りしろとでも言うように。彼がなんとか私の気を鎮めようとしていることが伝わってきた。そしてさっき怖かったことも、今もまだ残っている痛みも、どうでもよくなってきた。私たちは映画を作っているのだし、一回でいいテイクが撮れた。大事なことはそれだけだ。それに今はもうみんな元の調子に戻って、次のカットを撮るための準備に忙しく働いている。ギラン・クロケだけが例外で、まだじっと動かないままだ。ロベール・ブレッソンは私の額にすばやくキスをすると、スタッフに自分のファインダーを持ってきてくれと声をかけ、チーフ助監督と話をしながら立ち去った。そのときになって、私はフランソワの目の中にほんのかすかな、謎めいた光が浮かんでいるのに気づいた。その光は、私の視線に気づくと、すぐに消えた。だがロベール・ブレッソンに呼ばれると、彼はすぐに駆けよっていった。私は二人がほかのスタッフたちと一緒に遠ざかっていくのを目で追った。そして、ロベール・ブレッソンが、よくやったと褒めたたえるようにフランソワの肩を叩き、フランソワが笑っているのを見た。それまで一度も見たことのない、示し合わせたような親密さが、二人を結びつけているように見えた。ギラン・クロケは彼らを指差した。

「わかったかい。やつらはぐるなんだ！　ブレッソンがフランソワに言って君をあんなに強く殴らせたのさ！」

「ひどいじゃない！」

私は腹が立った。ロベール・ブレッソンは私をだましたのだ。嘘をついたのだ。私にわからないように巧妙に。私が何も疑わないくらい巧妙に。いつ、どうやって、フランソワとそんな密約を交わしたのだろう。誓ってもいいけれど、彼らが差し向かいで話しあっていたところなんて、一度も見たことがなかった。


　私は空き地の草の上に寝転んで、フランソワとほかの不良たちが次の出演シーンのリハーサルをしているのを眺めていた。ロベール・ブレッソンは彼らのあいだを、いつもの調子でのびのびと優雅に動き回っていた。それを見ていると、彼はずっとこんなふうだったんだろうなという感情がわいてきた。彼は自分自身に満足しているように見えた。今日一日がうまく運んでいることに満足しているように見えた。そしてそれが彼の魅力をいっそう高め、若い男の子たちを惹きつけ、素直に従わせていた。本気の平手打ちを引き出すために彼が用いた策略や、彼のついた嘘やしらばっくれにも、腹が立つ気持ちはすぐに消えてしまっていた。今では彼を称賛したいという気にさえなっていた。心の底から、一人の女優として、彼と一緒にこのことを笑い合いたいと思っていた。

ただそれは一度もかなわなかった。なぜなら彼は絶対に認めなかったからだ。「私がこっそりフランソワに頼んだって？　君を本気で殴るように？　君に痛い思いをさせるように？　はは、私をそんなひどいやつにしないでくれよ」。そして私が揶揄《やゆ》するような目を向けると、「君は私を本当に苦しめるねえ、いや本当、本当……」

翌日、ちょうど朝食を食べ終わる頃、誰かがその当日付のフランス・ソワールを一部持ってきた。私の写真が一面を飾っていて、こんな見出しがついていた。「フランソワ・モーリヤックの孫娘、映画に出演」。新聞が手から手へと渡され、みんなそれぞれなにがしかのコメントを述べた。私も感想を尋ねられた。不思議なことに、私には何の感想もなかった。私は驚きをもって、はにかんだ優しい笑みを浮かべている若い娘の写真を眺めていた。その娘は、映画用の偽物のポニーテールをつけていて、私と同じリバティの花柄のブラウスを着ていた。その娘は、私にどことなく似ていた。ねえ、これって私？　そんなことを疑うなんて、とジョジーは笑った。シャルリーも、食堂に集まっていた撮影隊の何人かも笑った。彼らもまたフランス・ソワールを持ってやってきていたのだった。ロベール・ブレッソンは時間をかけてじっくりとその写真を眺め、添えられた小さな記事を読んだ。でもぼうっと考えごとをしている様子で、何も言わなかった。二日前、彼はこれを「マスコミの侵入」と呼んで、ひどく立腹していた。そのとき彼は、私を記者とカメラマンの三人だけにするのを嫌がり、しぶしぶ承諾したのだった。その二人の男性はとても感じがよく、私はその人たちと一緒に庭園の中や村の小道を歩いた。一時間近く私はいろんな質問に答え、彼らに頼まれるとおりに動き、ほほ笑んだ。それは私にとってはたやすいことで、むしろ面白い経験でもあったけれど、撮影現場に戻るなり、その二人のことはすぐに忘れてしまっていた。

ロベール・ブレッソンの沈黙が長引いているので、私は心配になってきて、怒っているのかどうか、この一面写真のためにポーズをとったのはいけなかったのかと尋ねてみた。彼は再びぼんやりと新聞を眺め、それから私を、夢見心地のような甘い目で見つめた。彼は時々こういう上の空めいた様子を見せることがあったが、このときの彼は、そのためにとても謎めいて見えた。

「いや」と彼はようやく口を開いた。「怒っていないよ。君はどうなんだい。自分の写真が一面を飾ってうれしいかい。自分のことをきれいだと思う?」

「わかりません」

私がそっけなく答えると、彼はますます夢見るような様子になった。彼は手を伸ばし、私の頬に触れた。

「自分の持っている魅力を知らない人たちの魅力、だね……」と彼はつぶやいた。

そして私が質問しようとしたのを先取りして言った。

「君ももう少し経てばわかる」

彼はそれ以上何も付け加えようとしなかった。まるで私にその謎めいた言葉をじっくりと頭の中で反芻させ、心の一番奥深くに刻みつけさせようとでもしているかのように。もう少し経って、確かに私は悟ることになる。ロベール・ブレッソンが、まだ子ども時代から抜けきらない若い人たち、若い娘たちを撮るときに何を探していたのかを。それが彼の映画の絶対的な特殊性なのだ。さらにもっとあとになって、私は一九五五年二月十一日付のフィガロに載ったある記事を見つけることになった。フランソワ・モーリヤックが「田舎司祭の日記」についてこんなことを書いている記事だ。「私はスクリーンに、クロード・レデュという少年の顔を見る。だが演出家のロベール・ブレッソンは、クロードが、自分自身でありながら、別の誰かに変貌してしまうまで、こねてこねてもみくちゃにしてしまう。なぜなら、不思議なのは次の点だからだ。いくつかの手法のおかげで、あるやり方のおかげで、魂は姿を現し、目に見えるようになり、われわれが触れることができるようになるのだという……」。祖父はこのことを思い出していたのだろうか。この十年後、私に「バルタザールどこへ行く」の出演を許可したときに。

「今日、友人の夫婦がお昼を食べに来る」と突然ロベール・ブレッソンが言った。「ジョジー、三人分のテーブルを東屋の下に用意しておいてくれるかい。それからアンヌ、君はスタッフたちと一緒に食堂でお昼を食べなさい。今日は君の出番はないから、午後は好きに使っていい。君は自由だ。でも昼休みまでは、私のそばにいるんだ、いいね」

私が自由？　何という青天の霹靂《へきれき》！　私は立ち上がり、それ以上説明は求めずに彼の後についていった。その友人夫婦の存在を私は思い出していた。とくにその若い妻のことを。「私はその人を気に入っていて、もしかすると好きになってしまうかもしれないよ、もし君が……」。私はその人に会いたくて仕方がなかった。どんな人なのか、見てみたくて仕方がなかった。

その日の予定表には、映画の一番初めのシークエンスが記載されていた。子どものジャックとマリーが、幼い頃のバルタザールと一緒に干し草の中で遊ぶシーンだ。撮影隊が納屋を組み立て、最初のカットの準備をしていた。何人か、フランス・ソワールの記事を見ていた人たちがいて、私をひやかした。「ほうら、われらがスターのお出ましだ！」私はただ肩をすくめるだけだった。電気係のチーフが「ちっとも変わらないね。いつも通りの僕らの女の子だ」と声をかけてくれた。その言葉は、私にとって一番の褒め言葉のように思えた。

ロベール・ブレッソンは、私を呼んで、ブロンドの髪の小さな女の子を紹介した。その子はおどおどとお母さんの後ろに隠れていた。子ども時代のマリーだった。それから、ひとときもじっとしていない、やたらとはしゃいでいる黒髪の男の子がいた。子ども時代のジャックだった。ロベール・ブレッソンは二人を集め、何をしなければならないか説明した。いつも大人相手にしている時のような口調で、自分の文学的なしゃべり方が彼らにふさわしいかどうかなど、まったく意に介していなかった。何度か繰り返し説明したあと、彼はがっかりしてチーフ助監督を呼び寄せてこう言った。「彼らはまったく私の言うことを理解してくれない。お手上げだ……。君、もっとよくわかるように説明してやってくれ」

納屋の一角に当てる照明の準備が整っていた。その隅で子どもたちと小さなロバが、干し草にもぐって遊ぶことになっていた。私はロベール・ブレッソンの隣に座って、その準備と最初の数回のリハーサルを見つめていた。やや驚き、当惑しながら。男の子の方はヴァルテルにそっくりだったのに、女の子の方は、私とはまったく違っていたからだ。ロベール・ブレッソンは直観的に私の考えていることを見抜き、おもしろそうに言った。「あの子は君に生き写しだよ。いや本当、本当……」。そしてすぐに言を翻《ひるがえ》して、「いや、冗談だよ。あの子は君とはまったく似ていない。でもこの映画を将来見る人たちにとっては、あれは君になるんだ。というか、もっと正確に言えば、彼女と君はマリーになるんだ。たった一つの、同じ登場人物にね」。彼は私の手をとり、強く握った。「私を信じなさい」。自分自身への、自分の作品への、その絶対的な自信に、私は感動して震えた。彼はしばらくそのまま手を離さなかった。何か不思議なものが彼から私へと伝ってきて、私はその二人の子どもを、そしてその二人を越えて世界そのものを、違うふうに見られるようになった。彼のそばにいることで、私は新たなものの見方、聴き取り方を学んでいたのだった。そのとき私が抱いていた感情、彼が「スタンバイ！」と叫ぶその直前の瞬間に、彼に対して抱いていた感情は、言い表してみれば、愛と尊敬と感謝の気持ちが、解きほぐしがたく絡み合ったものだった。

午前中の最後のカットが終わると、誰かが叫んだ。「ブレッソン監督にお客さんです！」それまで誰も気がつかなかった一組のカップルが中庭を横切って、私たちの方にやってきた。

男性の方は五十歳くらい、背が高くてハンサムで、妙にロベール・ブレッソンに似ていた。同じようなたっぷりとした白髪、同じような背丈、そして同じように威厳のある顔つきをしていた。女性の方はすらりとやせていて、金髪だった。短いサマードレスに身をつつみ、花形バレエダンサーのように優美で自信に満ちた足取りで歩いていた。ロベール・ブレッソンは彼らを出迎え、さっそく納屋と厩舎を案内した。通りすがりに、二人の子役と、子どものロバと、バルタザールと、おもな技師たちと、そして私を順々に指していった。私たちの名前と映画での役柄などを矢継ぎ早に並べていき、きちんと紹介するというのでもなく、彼らと私たちが何か会話を始める余裕も与えなかった。「ムッシュウ・ブレッソン、サーカス団の団長、そのお利口な動物たちをお披露目する」とギラン・クロケがおどけて注釈した。流氷の上をのっしのっしと慎重に歩くホッキョクグマのような足取りを真似しながら。

撮影隊は、毎日ギュイヤンクールのとあるカフェの奥の部屋で昼食をとっていた。そこはまるで中学校の学食のように賑やかで、みんなよく食べ、大声で話し、笑い声をあげていた。私が入っていくとみんな驚き、割れるような喝采と冷やかしの声で盛大に迎えられた。

ギラン・クロケがすぐに私を呼んで、自分のグループに加わるよう誘ってくれた。そこにはカメラマンと助手と音響技師と美術監督がいた。「こっちへおいでよ」とそのときあの元恋人が私の耳にささやいた。彼がカフェに入ってきたのには気づかなかったが、私の後ろにいてこっそりと私の背中をなでていた。「おいでよ……今だけは彼の監視の目がないんだからさ……」。一瞬、彼に触られ、あからさまな誘惑の視線を送られたことで、私の体がうずいた。一瞬、彼がやっぱり私を好きで、私を欲しがっているのではないかというバカげた希望が私の身を貫いた。

「せっかくロベールが鳥カゴを開けてくれたんだ。俺たちのところへ来いよ！」

とそのとき、美術監督のピエール・シャルボニエが、自分とギラン・クロケとのあいだにある椅子を指しながら、有無を言わせぬ口調で言った。彼のおかげで私は面倒から抜け出すことができたのだった。私はその二人の男性のあいだにすべり込んだ。もう一人の方が、悔しがって顔をしかめるのをこっそりと見て、束の間の満足を覚えながら。

腰を下ろすやいなや、また冷やかしが雨あられと降り注いできた。どうしてあの保護者が君を解放したんだい？　何か彼の気にさわることでもしたの？　寵愛の時期も終わりかな？　それとも逆に、君の方が静かなる反逆を始めたってわけかい？　みんなが私に「囚われの少女」とあだ名をつけ、ロベール・ブレッソンのやり方を強く批判していたことを私は知った。彼が毎日私を撮影隊から引き離し、一緒にお昼を食べさせないようにしていたことを、多くの人が許しがたいと思っていたのだった。

「もういい。そっとしておいてやれよ！」とピエール・シャルボニエが怒鳴った。

音響技師と一緒で、彼もまた昔からのロベール・ブレッソンの友人であり協力者だった。美術監督の彼は絶えず新しいロケ地を探しに行ったり、セットを組み立てたりしなければならなかったので、撮影のあいだに姿を見せることはほとんどなかった。たまに現れるときも、あっという間に去っていき、演出家の新しい要求にまたぶつぶつと文句を言うのが常だった。けれども、実は二人のあいだが強い絆で結ばれていることは、誰もが知っていた。

ギラン・クロケとその配下のカメラチームは、数日後に予定されている夜のシーンの話をしていた。いま私たちがいるカフェの中と外で撮影されるお祭りの場面で、映画の出演者のほとんどに加えたくさんのエキストラが出ることになっていた。その撮影はただでさえ長くて複雑だった上に、予報によれば天候が悪いということだったので、よけいに難しくなりそうだった。断続的な大雨に、雷まで来そうだという悪天候を、どうやって避ければよいか。彼らがいろいろな仮説を立てたり、崩したりしていくのを聞いているのは楽しかった。実を言うと、しゃべっていたのはほとんどギラン・クロケだった。というのも、カメラマンのジャンは、うなずいたり口の中でもごもご言う以外には、ほとんど意見を表明しなかったからだ。最初、そんなに無口な人が本当にいるはずがないと信じない私に、ギランが、じゃあ彼から何か言葉を言わせてみろと賭けを持ちかけてきたほどだった。その日まで、私が彼から引き出せたのは、「ふむ……、ふむ……、ふむ……」だけだった。でも私はあきらめていなかった。ジャンをしゃべらせることが、またもう一つのゲームとなっていた。

「囚われの少女がこれ以上閉じ込められて苦しまなければいいんだけどな」と突然ピエール・シャルボニエが言った。「もしわかってたら、もっといい鳥カゴを用意したんだけどね……、ブランコを置いたり、ミニチュアのプールを作ったりしてね……」

その言葉と笑いを含んだ目に、私はカメラチームの方に向けていた注意から気をそらして、理解できないまま彼の方を見た。

「どういうこと?」

「ロベールはずっと独裁者だった。権力欲とか支配欲とか、非難する人もいるけど、本当はそうじゃない。彼の映画がそれを必要としているからなんだ。彼は非常に独特なやり方を持っている。一人の役者と一対一の関係を作って、誰もあいだにはさませない。隔離してしまう。そうして、その方法がうまくいったときには、そこから一種のテレパシーが、彼と彼が選んだ役者のあいだに生まれるんだ」

「でも今回、君に対しては、その方法が極端すぎるんだよ!」と音響技師のアントワーヌ・アルシャンボーが言葉を引き継いだ。「それどころか、彼はそれを発展させて、君を自分と一緒に生活させることまでして、自分が引いた区域の外に君が出ることさえ禁じてる始末だ!」

「まったくその通り。彼はこの子にカゴを作って閉じ込めてしまったんだよ!」とピエール・シャルボニエが割って入った。

「みんな私のことをバカにしないで。私はちっともカゴに閉じ込められてるなんて思ってないんだから！」

私は深い考えもなくとっさに言い返したのだったが、ひどく真剣に響いたので、二人は互いにすまなそうな視線を交わした。

「いや、誰も君をバカになんかしていないよ。ロベールのこともね」とピエール・シャルボニエは言った。「僕は撮影現場にほとんどいないから、君と彼がどんなふうに仕事をしているのか知らない。でもラッシュを見る限り、ロベールが正しいと言わざるを得ない。君はほぼいつもすばらしい。それも最初のテイクからね」

彼はギランに呼びかけた。

「違うかい、ギラン？　彼女、いいだろ？　ロベールへの反感はさておいて、ひとつ客観的になってくれたまえよ、クロケ君」

ピエール・シャルボニエの変幻自在で楽しげな口ぶりには、何かしら抗しがたいものがあった。実際、ギランも相好を崩した。

「なら言うけど、確かに彼には、アンヌの中にある、はっとするような自然で新鮮な瞬間をつかまえる才能がある。それは認めざるを得ないね。不良のフランソワについてもそれは言える。ただし、もし君たちが彼は偉大なシネアストだって、わざわざ俺に教えてくれるつもりなら、そんなことはもう知ってるよ。だって、俺は『スリ』を少なくとも三回は見たんだぜ。だが……」

この返答に明らかに満足しているらしい目の前の二人の男の方に向き直り、彼は挑むような口調で言った。

「……だが、俺は自分の娘をヤツに預けたりしない、絶対にな！」

チーフ助監督が仕事の再開を告げに来た。昼休みの時間は終わったのだった。カフェを出るとき、ピエール・シャルボニエが親しみを込めて私の肩に手を置き、相変わらず冗談のようなふりをしてささやいた。

「いま俺たちが君に言ったことはロベールには内緒だぜ、お嬢さん。彼は俺たちを非難するだろうからな、君を堕落させたとね」


また別のシーンの撮影が始まっていた。子どもロバの洗礼のシーンだった。子どものジャックが妹役の小さい女の子と一緒にもったいぶって祭式を執り行っていた。「バルタザールよ、父と子と聖霊の御名において洗礼を授ける」と彼は間違えずに一回で唱えた。彼にはどんな指示でもすぐに理解してしまうのみ込みの良さがあり、演技も正確だった。おかげであっという間に次のカットに移ることができた。子どものマリーが父親と一緒に現れ、その儀式の続きに立ち会うカットだった。女の子はまだおびえた様子で、半ば嫌がっているみたいに父親役の男性に引き連れられていた。その男の人は、少し老けたメイクをして私の父親役をやることにもなっていた。

けれども、私はすぐにこのカットの撮影から目をそらして、ロベール・ブレッソンの友人夫婦の方に興味を移した。彼らはとてもくつろいでいるようで、ロベール・ブレッソンがちょっとでも動くとその通りについていき、親しげにロベールと呼び、差し出されたファインダーをのぞき、技術的な説明にいちいち耳を傾け、シーンの撮影のあいだじゅうずっと彼と一緒にカメラのそばに陣取っていた。彼らはとても和気藹藹《あいあい》と楽しげなトリオを形成していて、余人を寄せ付けないような仲の良さを発散していた。

若い奥さんが一番無口で、一歩引いていたが、それでも、一瞬でもその目をロベール・ブレッソンの顔や体から離すことはなかった。激しく焦がれとりこになった眼差しの、その強さに私は動揺した。そこに愛が含まれていることは誰の目にも明らかだった。とても強い愛、それを彼女は隠そうともせず、しかも、たぶん気づいてさえいないのだった。いやそもそも夫の方も気づいていなかった。休憩のとき、私が一人離れてベンチでタバコを吸っていると、その夫がやってきて私のそばに腰を下ろした。彼はタバコを一本ねだり、話しかけてきた。私がフランソワ・モーリヤックの孫娘だということを誰かに聞かされたらしく、祖父のことを、「その作品はもちろん、その発言においても、年を追うごとにますます偉大な作家、ジャーナリスト、キリスト者となっていく」と褒めたたえた。

夫婦がパリに戻る気になった頃には、もう日が暮れかけていた。二人はスタッフ全員に向けてさようならのあいさつをしたが、私のところにはわざわざやってきた。夫の方が私と握手しているあいだ、奥さんはただじっと長いあいだ私を見つめているだけだった。その明るいグレーの瞳には、謎めいた、問いかけるような色があった。「偉大な映画に出られて、あなたは運がいいわね」と、しばらくしてやっと彼女は低い声でささやいた。その歌うような調子に私は驚いた。「行くよ」。夫とともに数メートル離れたところにいたロベール・ブレッソンが呼んだ。「ええ、ロベール」と彼女は吐息まじりに、つっかえながら答えた。そして踵《きびす》を返し、二人のところに戻った。私は、彼らが家の角に消えてしまうまで、ずっと彼女を目で追っていた。あのバレエダンサーのような足取り、あの眼差し、あの声……。そう、確かにその女性は美しかった。

夕食のとき、私はまたあの夫婦のことを考えていた。立ち去った後もなお残っていた彼らのひそかな魅力について考えていた。ロベール・ブレッソンもまた、この食事の場からも、主人夫婦のいつものおしゃべりからも、遠いところにいるように見えた。彼はジョジーとシャルリーにぼうっとした視線を投げ、機械的に、ほんの少し食べるだけだった。彼らのことを考えているのだろうか。あの奥さんのことを？　私の頭にはまだあの人が呼び掛けに答えた声が、あの「ええ、ロベール」という熱のこもったささやき方が、こびりついていた。不意に、私は孤独を感じた。自分の家族に会いたいと思った。

「ロベール？」

彼はちょっと驚いた様子で、私の方を見た。彼の方はずっとそう呼ぶように繰り返してきたけれど、今まで私が、ほかの人のいるところで彼をそう呼んだことはほとんどなく、あってもどうしてもそう呼ぶ必要のあるときに限られていたからだ。私は自分が赤くなるのを感じたが、彼は鷹揚に話を続けるようにうながした。

「私も自分の友達を呼びたいわ」

「友達?」

鷹揚さはあっという間に消え去った。

「弟とか、友人のティエリーとアントワーヌとか……」

私の要求は彼をとんでもなく憤慨させたようだった。ロベール・ブレッソンは眉をひそめ、口をつぐんで、学校の先生のような様子で、じっと私を見据えた。ときどき彼はこういう学校の先生のような様子になるのだが、そうなったときの彼は、たぶん自分では気づいていないだろうけれど、ものすごくコミカルなのだった。相変わらず察しの悪いジョジーが、割って入ってきた。

「ここはあなたの家だと思っていいのよ。あなたの弟さんやお友達をここに呼んでくれたら、本当にうれしいわ。お母さんもね、もちろん」

ロベール・ブレッソンの憤慨した様子はますますはっきりしてきたが、それを消し去ろうと、外からもわかるほどの努力をしていた。そして女主人の手前、そして私の手前、もう少し礼儀正しい表現を使おうとしていた。ようやく彼は自分を抑え、一語一語区切るようにして返事をした。その話し方は、彼が何人かの人に対して、とくにヴァルテルに対して、使うときと同じだった。

「君の弟さんについては、オーケーだ。好きなときに来てもいい。だがそのティエリーとやらとアントワーヌとやらだが、その二人については論外だ。その二人の名を私の前で君が口にするのさえ聞きたくない」

私たちが言い返す暇も与えず、彼は立ち上がった。

「それから、君はこの週末は家族のところへ帰っていい。大好きなママにいくらでも好きなだけ会ってくればいい。そしてママに会えなくてどんなにさびしかったか、私と一緒にいるといつもどんなに退屈するか、好きなだけ愚痴ってくればいいさ……」

そう言って彼は部屋を出ていった。満足気に、けれどもちょっと拗ねたように。まるでこっそりと悪いことをしてしまった子どもが、きっとしかられると覚悟しているような様子で。

こんなに喜びを爆発させてしまうとは、自分でも予想していなかった。ママがアパルトマンのドアを開けたとき、私はまるで子どもみたいに熱烈にその腕の中に飛び込んだ。「あら、あら」と言いながら母は私を不器用に抱きしめ、それからすぐに引き離して、私をよく見ようとした。私たちはそのまま一分以上も黙って見つめ合っていた。感極まって、何を言ったらいいのか、どこから切り出せばいいのかわからなかった。ママの美しくて大きな黒い瞳、くっきりとした顔の輪郭、ヴァカンス明けで日焼けした細いシルエットに見とれていた。この私がどんなに変わってしまったか、ママはわかるだろうかと、期待と怖さが入り混じってどきどきしていた。私がもう夏前のあの幼なかった娘ではないことをママは悟るだろうか。私はその「ビッグニュース」を知らせたいという気持ちに早っていた。だが同時にママの方からそれを見抜いてほしいとも思っていた。そうしたら、得々としゃべりだそうと思っていた。どんなふうにそれを迎えたか、一人のの男性を誘惑するのに、どんな手管を使ったか、そして、もうひとつ、それ以来、どれだけ自分の体を心地よいと感じているか、どんなにしっくりきているか。

「これからすぐにヴェマールに向かうわよ。そこでお昼を食べようと、家の人たちがみんな待ってるのよ」

ママは私を押してアパルトマンの中に入っていった。あちこちに散らばった衣類を大急ぎで旅行鞄の中に詰め込んでいく。

「映画に出て正解ね。まったく疲れている気配もないじゃない」

暑いので窓は全開にして車を走らせた。いつものようにママが運転した。片方の手でタバコを、もう一方の手でハンドルを握りながら。私たちの会話は、この数日想像してきたようにはうまく弾まなかった。でも考えてみれば、弾んだことがこれまで一度だってあっただろうか。道中、二人ともどこかから借りてこられたような、おずおずとした様子で、会話はとぎれとぎれにしか続かなかった。沈黙が訪れると、どちらかがなんとかしてそれを打ち破ろうと努力した。とくにしゃべっていたのはママの方だった。

弟のピエールは、幼なじみに会いにゆうベミディ地方に行ってしまったから会えない、と説明したあと、母はフランス・ソワールの第一面に載った私の写真を見てどんなに仰天したか、語り始めた。あれでたくさん電話がかかってきたのよ。おじさんは驚きのあまり広告塔に正面衝突してしまうし。それから母は、映画の撮影についてあたりさわりのない質問をいろいろとし始めたが、私の答えなどほとんど聞いてなくて、途中でさえぎっては、何度も「私に感謝しなさいね。ずっとそっとしておいてあげたんだから。レ島から帰ってきたときも会いに行かなかったし。手紙を書けとも電話をしろともうるさく言わなかったでしょう。あなたに自分の新しい人生を自由に生きさせてあげようと思って」と繰り返した。ええ、ママ、わかってるわ。私はそのことを本当に感謝していたし、その証拠を示したいとも思っていた。時間はまだ一日あるし、二人っきりになってたっぷり話すことができる。母にあのことを話すことも……。

ヴェマールの村には祖父母の家があった。もう少しで着くという頃、母は私の愛犬のサリーを見つけるために、島じゅうを幾度も捜索した模様を詳細に語り始めた。私から預かった犬をちゃんと守っておけなかったことを済まながっていた。ママのせいじゃないわ、と私は答えた。私がいる間でも起きたかもしれないんだし。「でももしかしたらあなたが行ってしまったから逃げたのかもしれないわ。あなたに会うために」となおも彼女は言った。私は母に、四年前トゥーロンの近くの捨て犬保護施設でサリーを見つけたときのこと覚えてる？　と聞いた。「サリーはもともと放浪犬だったのよ。冒険好きな……。だから、もとの放浪犬に戻っただけ。もしかしたら今の方が幸せかもよ、自由を取り戻して……」。ママは私がひどく悲しむと思っていたらしい。私が落ち着いていて、冷静に物事を判断し、最悪の事態を考えようとしないのを見て、ショックを受けていた。確かに、彼女の気持ちは私にもよくわかる。映画に出る前なら、私はきっと泣きじゃくり、母の過失を責め、運命を呪ったに違いない。ところが、今私は、愛犬の失踪を知って、悲しくないどころか、その存在自体をほとんど忘れていたくらいなのだ。「ずいぶん無関心になったのね」。母は急に乾いた調子になって言った。「まるでどうでもいいみたいだわ。映画の仕事をし始めてから、犬のことを好きじゃなくなってしまったみたいね」。彼女はさまざまな疑いを含んだ重たい視線を投げてきた。その刹那、私は感じ取った。犬のサリーの話をしながら、彼女はこう考えていたのだ。「映画の仕事をし始めてから、私たちのことを好きじゃなくなってしまったみたいね」

その土曜日、田舎の屋敷の食堂には、祖父母、おば、そしておじが集まっていた。みなフランス・ソワールの一面に載った私の写真にひどく驚いていた。どうして私のような小娘が、あの大日刊新聞の興味を引くなどということがありえたのか。フランソワ・モーリヤックの孫娘、確かにそれが理由だろうけど、だがそれにしても一面とは……。ほかにもこれから別の新聞や雑誌に出る予定はあるのかい。私は順不同で挙げていった。エル、フィガロ、マッチ、ジュール・ド・フランス。「おい聞いたかい。まるで当たり前みたいに並べてみせたよ！」とおじが憤激に堪えないといった調子で叫んだ。「高慢ちきな娘にだけはならないでちょうだいね！」とおばがさらに悪乗りした。私はみんなに説明しようとした。ロベール・ブレッソンというだけで、私が誰であるかに関係なく、こういう記事が出る価値は十分にあるのだということを。会話はいつもの調子、ありきたりで、繰り返しばかりのいつもの調子に戻っていった。彼らの話を聞きながら、その好奇心の欠如に私は驚いた。彼らは自分の知らないこと、自分に直接関係ないことに興味を持とうとしない、持つことができないのだった。私は暖炉の上の、蠟でできた小姓の胸像を眺めた。子どもの頃はそれがすこし怖かったものだった。脇テーブルの上には祖母の若かった頃の肖像画がかかっていた。窓の向こうには芝生と門構えが見えた。鋭く突き刺されるような思いで、私は、ここでは何一つ変わっていないのだと意識した。この私は、私の方は、すっかり別の人間になろうとしているのに。「もう私たちに退屈したのかい」。祖父はあの、誰もが狼狽せずにはいられない優しくかつ容赦のない目つきで私を見つめていた。会話は途端にぴたっとやんだ。祖父はその数秒の沈黙を利用して、五人の家族の五つの顔を代わる代わる眺めた。そしてとろけるような口調で、天使のような笑みを浮かべながらこう言った。「なるほど、お前の気持ちは本当によくわかる！」

土曜日はだらだらと続き、いつまでも終わりそうになかった。私はそこにいることに満足していたけれど、何か自分がよそ者のように、一時的な訪問者のように感じていた。ロベール・ブレッソンや、ギラン・クロケや、そのほかの人たちの思い出が、ずっと心から離れなかった。彼らの声が聞こえるような気がしていた。すぐそこの曲がり角から彼らが現れるような気がしていた。それからもっと彼らの思い出に浸ろうと自分の部屋に閉じこもったが、その部屋の戸を、今にも彼らがノックするような気がしていた。そのときある漠然とした幸福感が私をとらえ、やみくもに外に出たくなった。息が切れるまで庭を駆け回り、広々とした草原のただなかに倒れこんだ。心臓が割れんばかりにどくどくと波打っていた。仰向けに寝そべって、完璧な青い色をした空を見つめた。一番近いところにある木々のてっぺんが優しく揺れていた。肘をついて起き上がると、子どもの頃過ごしたバラ色の家が見えた。昔はあんなに大好きだったその家に、今では何の関心も持てなくなっていた。じっと動かないままの私のまわりを、蝶や虫たちも怖がらず、飛び交っていた。中には私の体に止まるものもあった。まるで私が彼らの仲間であるかのように。ほかの植物にまじった一つの植物であるかのように。

自分が初めて宇宙の一部になったようなこの感覚に、私は肉体的にも精神的にもすっかり変わってしまったように感じていた。というより、もはや肉体と精神の区別さえつかなかった。まったく初めて味わうこの感覚に、私は涙を流し、震え、そして、この夏の午後の終わりの光と暑さの中に、今すぐ溶けてしまいたいという混乱した欲求を覚えた。草の上を何度も転がり、地面にぴったりと頭をくっつけたりした。そのえぐみのある匂いに初めはくらくらしたが、やがてミントと野生のウイキョウのかすかな香りが感じられるようになってきた。心臓はもう規則的な鼓動に戻っていた。私の心は安らかで、すっかり和解した気分だった。誰と、あるいは何と和解したのか、ということはまったくどうでもよかった。ただとにかく、それは奇跡的なことだった。父がいないまま生きなければならなかったこの何年か、私はずっと悲しみと不満を、自分自身に対するどうしようもない居心地の悪さを感じていたのだから。

この満ち足りた歓喜の感覚は、夕食のあいだも、そのあとも、夜のあいだじゅうずっと続いた。私は家族と一緒にテレビで「最後の五分間」という番組をぼんやりと見ていた。そしてただただ驚かずにはいられなかった。どうしてこの人たちには見えないんだろう。どうして気がつかないでいられるんだろう。私がもはやいつも一緒にいた、自分たちが知っていると思っているはずの娘とは、まったく違っているということに。


翌朝、私はママの部屋の中をいつまでもぐずぐずとうろつきまわっていた。打ち明けたいのに、できずにいたのだった。実のところ、私はママが気づいてくれると期待していた。私が何か話したがっているのに気づいて、どうしたの、と尋ねてくれるのを期待していた。でも無駄だった。ママは洗面所と寝室のあいだを行ったり来たりするだけで、初めは私がそばにいるのをうれしがっていたけれど、だんだんといらいらしてきたようだった。この娘《こ》ったら、さっきからずっと黙って妙に謎めいた挑発的な笑みを浮かべて、じっとこっちを見てるけど、ほかに何もすることないのかしら。そろそろその窓の縁から腰を上げて、出て行く気になりそうなもんだけど？　時間は過ぎていき、もうすぐ鐘の音が朝食の時間を告げる頃だった。そのあとはもう車でパリに戻り、ヴェルサイユ行きの列車に乗らなければならない。ママに打ち明けたいなら、今しかなかった。

「何か変わったと思わない？　私」

「いいえ、どうして?」

「もう処女じゃないのよ!」

ママはベッドに座り、タバコに火をつけた。私は相変わらず窓の縁に腰かけたまま、あごの下に折りたたんだ両足を両腕で抱え、外の景色の方、二階下に広がる庭の方に頭を向けていた。だからママの表情は見えなかったけれど、黙ったままなので先をうながしている合図だととって、勢い込んで自分の大冒険をまとまりなく語り始めた。マリー゠フランソワーズとブリュノの家にいるとママに思わせていたあのとき、自分がパリで何をしていたかを。相手が誰かは明かさなかった。ただ彼との関係がもう終わったことは、しっかりと伝えた。それはちょっと悲しいけれど、でもそれだけ、と私は言った。それからさらに、自分が別人になったように、今ではもうほとんど自分が女になったように、ママに近づいたように感じているとも言った。もうママと対等の、ママの友達になったのだと。

彼女がずっと黙っていることに、初めからピンと来てもよかったはずだった。でも私はやっとこの話ができることにすっかり舞い上がっていて、そのことに気が回らなかったのだった。話を終え、ほほ笑みながらママの方を向いた私は、彼女がてっきり称賛してくれるものだと、仲間として認めてくれるものだと、信じて疑っていなかった。そのとき目にした光景に、私は凍りついた。

ママは真っ青になっていた。嫌悪に口元が歪み、表情が変わってしまっていた。こんな恐ろしいママの顔は、一度も見たことがなかった。彼女は私を、ひどくおぞましい、醜悪なものでも見るような目で見ていた。私と視線を合わすことさえ耐えられないように、今度は向こうが顔をそむけた。私たちのあいだに、恐ろしい沈黙が降りた。

「で……、どうだったの？　よかったの？」と、ようやく彼女が言った。

「何が？」

「あなたがその男としたことよ」

「ええ」

彼女は神経性の痙攣のように怒りでぶるっと体を震わせると、ベッドから立ち上がり、洗面所に向かった。恐怖で身がすくんで、私がずっと窓の縁から動けないでいると、彼女はまず下に降りるようにしぐさで命令し、それから次に、もっといらだった様子で出口のドアを指差した。私は従ったが、ママに抱きしめてほしいという狂おしい希望に駆られて、彼女の首に抱きついた。私ママにキスしてもらいたかった。私を許し、慰め、話しかけてもらいたかった。何でもいい、私たちを元の関係に、まだ昨夜のままの私たちに戻してくれるような何かがほしかった。けれども彼女は私を押しのけ、こう言った。その言葉は今でもまだ私の記憶にこびりついている。「せめてあなたが味をしめないことを願うわ。メスになることにね……」。そして私の方を見ないまま、もう一度寝室のドアを指し示した。「それから、そんなことを誰かれかまわず話さないこともね。言っておくけど、自慢するようなことではないんだから」

そのあとの時間は、重苦しい霧の中で過ごしているようなものだった。母は私を避け、私ももうあえて彼女に近づこうとはしなかった。時折、目が合うことがあると、彼女はすぐに顔をそむけた。嫌悪と気まずさと不安の入り混じったような様子で。私は、自分がそこにいるというだけで彼女に堪えられない思いをさせているのだと感じ、そのことが途方もなくつらかった。しかも私は傷ついていた。恐ろしいほどに、深く傷ついていた。

ヴェルサイユに向かう列車の中で、私は、さっき起こったことは、ふつうの母と娘のあいだでよくある誤解だったのだと思い込むことにした。いつかきっと彼女はわかってくれるだろう。でもさしあたって今、私は新しい人生を生きなければならないのだし、その新しい人生は、ほかの何よりも強いのだ。母から拒絶されて、私はむしろ自由になったのだ。もう恐れることも悔やむこともなく、この自由を楽しめばいいのだ。メスですって？　なんて恐ろしい言葉！　私はそのことを笑い飛ばそうと努力した。列車の中で一人で。私が決して認めたくなかったこと、そして何年かあとになってから悟ったこと、それは、彼女と私のあいだで、何かが永遠にひび割れたということだった。この一九六五年八月の日曜日に。

夕食のあいだ、ロベール・ブレッソンは、久しぶりに家族に会ったことについて、あれこれ質問してきたが、私はあいまいな答えを返しただけだった。この週末のことはもう思い出したくなかった。ただ彼にまた会えた喜びに浸っていたかった。彼の声色はうっとりとするほど優しく、その言葉は一つ一つが魅力的だった。ピレネーで猛威をふるっている悪天候を心配する彼を見て、私もまた同じように心配した。彼が製作サイドに不満をもらせば、私もまたその不満を共有した。自分だけが何をすべきかわかっているのだという彼の確信は、私の確信でもあった。「誰も信用しないときの私は、とても冴えている」というセヴィニェ侯爵夫人の言葉を彼が引いたとき、本当にその通りだわと熱烈に賛同した。私はそのダイニングルームや食事や主人夫婦にさえ、魅力を感じていた。

私たちは庭を散歩していた。いつものように彼は腕を組んできた。私たちは黙っていたが、それは幸福感に満ちた沈黙だった。お互いにわかり合っている沈黙だった。部屋に戻る前に、ちょっとベンチに座ってもう少しこの静かな夜を味わっていかないかと彼は誘った。遠く離れた木々のかすかなざわめきまで聞こえてくるぐらい静かだった。私たちのあいだをつないでいた不思議な絆は、少しずつ、ほとんど目に見えないような形で、変わっていた。私たちはもうどちらも以前のように動揺したりしていなかった。あの混乱は消え去っていた。私たちは穏やかになり、互いに信頼し合っていた。私は彼にまた会えて幸せだった。そして安心していた。ものすごく安心していた……。まるで私たち二人が引き裂かれそうになっていたかのように。まるで私の家族が私を捕らえ、閉じ込めようとしていたかのように。彼の肩に頭をのせて、私は泣きだした。何か変だということに気づき、彼は私の顔をなでた。「泣いてるじゃないか！」彼は私を強く抱きしめ、ハンカチで頬をぬぐってくれた。ぎこちない手つきと切れ切れの言葉で、ほとんどパニックに近いほど彼が脅えていることが分かった。彼は、父親が子どもにするように、一度、二度、そして三度と、私に鼻をかませた。それから、不安におののく声で言った。

「もう家族が恋しくなったのかい。また会いたいのかい。ずっとお母さんと離れないように、毎晩撮影のあと会えるようにしてほしいのかい？」

「いいえ、それは嫌！」

一瞬のうちに涙が笑いに変わった。それくらい彼の勘違いが私にはおかしかったのだ。彼が抱きしめていた腕を緩めたので、私は彼から離れた。

「あなたのことが恋しかったのよ！」

彼は感激の表情を浮かべた。そして腕を伸ばし、狂ったように情熱的に私を抱きしめた。胸の上で、彼の心臓が早い鼓動を打つのを感じた。「うれしいよ」と彼はささやくように言った。「そんなことを言ってくれるなんて、なんてうれしいんだ……」。それから急に立ち上がって、家の方を指差し、こう言った。「さあ、もう帰ろう」

ベッドに横になり、眠りに落ちようとする刹那、身づくろいをする彼が二匹の子猫と遊んでいるのが聞こえた。子猫たちのいたずらに大げさに驚いてみせ、過剰に喜んで笑ったり、しかったりしていた。私に対してしていることも、もしかすると結局それと同じなのかもしれなかった。

もしかすると彼は、猫に対するのと同じ愛情で、私を愛しているのだろうか。

次の週が始まった。それまでの週とはまったく違ったふうに。つまり、もう昼の撮影は終わってしまい、夜の撮影だったのである。ものごとの順序が逆転するのは、なんてすてきなことだろう。ふつうの人が寝ている時間に働く。夜が明ける頃に眠りに就く。私はたちまちそれが気に入った。でも何より気に入ったのは、投光機に強烈に照らされた庭の一角だった。これほど美しく、これほど不思議なものを、私はそれまで一度も見たことがなかった。そのまわりを包む夜は、漆黒の闇で、その中を技師たちが影のように無言で移動している。私は光の真ん中で、ナイトドレスを着てベンチに腰掛けていた。あるいはまた、バルタザールの頭に花の冠をのせてあげたりしていた。その私を、不良少年たちが暗闇に隠れて、覗き見しているのだった。それが一つのテイクのあいだだけ続き、カメラが止まると、全部消えてしまうのだった。

本物であり、かつ偽物でもあるこの夜の魅力に、私はすっかり魅了され、ロベール・ブレッソンとの不思議な絆は、またいっそう強くなった。時には彼がただ手で何かのしぐさをするだけで、あるいはただ瞬きするだけで、すぐに彼が私に何を期待しているのか理解できることがあった。そのとき、私は三度目か四度目のテイクの演技をしていた。彼の笑顔は、そうそう、それが私が望んでいるものだよ、とはっきり表していた。目の中の小さな炎は、こう言っているように見えた。「ほらね、今私たちは言葉を交わす必要さえないんだ。私の考えは、私から君へじかに届くんだからね」

それから三回、ほとんど全出演者が集まる別の夜の撮影があった。乞食のアルノルドが思いがけない遺産相続をしたのを祝うというシーンだった。みんな酔っぱらってお祭り騒ぎになり、最後には不良少年たちがコーヒー豆を略奪して終わる。そのシーンはギュイヤンクールのカフェの中と外で、パリから来た大勢のエキストラを使って撮影された。いっぺんにたくさんの人が登場し、技術的にも難しい手法が要求されたので、私はほとんど別の映画の中に入ったような気がした。たとえば当時私たちと同じ時期に撮影されていて、とても話題になっていたルネ・クレマンの「パリは燃えているか」のような映画の中に。コンコルド広場のドイツ語の看板のことやナチスの旗のことはスタッフたちからよく聞いていた。彼らはポルト・ド・サン＝クルーにあるカフェ「三つの砲弾《レ・トロワ・ソビュ》」で大急ぎで朝食をとってくるのだが、そこで、この映画の撮影隊に、朝早く出くわすことがあるらしかった。「『バルタザール』は『パリは燃えているか』にくらべたら、本当に小規模な映画なんだよ」と彼らはそのたびに言っていた。

最初の夜、撮影はゆっくりと始まった。大道具の準備は完全には終わってなくて、職人さんたちがあちこちで金槌を手に最後の仕上げをしていた。ピエール・シャルボニエは一人ひとりのところに駆けより、早く仕上げてセットから出るように指示していた。その間、ギラン・クロケはいつもより広いスペースを照らす複雑な照明の調整をしていた。見るからに機嫌が悪そうで、ぶつぶつと文句を言いながらライトをつけたり消したりしていた。私が質問すると、いっそういらだちを強めて答えた。

「君のブレッソンさ。いつものことだけど、彼には自分がどういうことをやりたいのか分かっていないんだ！　もう三回目だよ。このセットにやってきて、照明を変えろって言うんだ。三回も！」

「自分がどういうことをやりたいのか、彼にはよくわかってるわ！　あなたがやってみせたのが気に入らないから気に入らないって言ってるんでしょう！　彼が望んでいる通りのものをやってみせたら、すぐにそれだって言うはずよ！」

私が興奮して声を荒らげたので、ギラン・クロケは勢いを削がれたようだった。ぼんやりと考えごとをするような様子で私を見つめ、こう言った。

「なるほど、君はそうやっていつも彼をかばうわけだ……。本物の守護天使みたいだね……。彼もせめて知ってるんだろうね、君が自分の守護天使だってことは」

彼の言葉はそこでさえぎられた。ピエール・シャルボニエがやってきて、私の肩をつかんで出口に押し出したからだ。

「さあ、セットから出て、若い守護天使さん。ここにはよけいな人が多すぎて困る。君がいると邪魔になるんだ！」

カフェの前では、シナリオを手にロベール・ブレッソンが行ったり来たりしていた。彼はたった今、プロデューサーと電話で長々と話し合っていたばかりだった。おそらくそのせいで、彼はいらだった目で一人ひとりを、空を、村を、眺めているのに違いない。ピエール・シャルボニエがやってきて遅れを詫びた。とりあえず今、その遅れの主要な責任者は彼だったからだ。

けれどもロベール・ブレッソンは相手の言葉をさえぎり、憤慨した口調で答えた。

「遅れているのは夜だよ。夜！　それから月だ。私が望んでいるような月になると思うかね、月は？」

「ああ、いや、それは……」

その三夜は、ロベール・ブレッソンにとっても技術スタッフ全員にとっても、特別に過酷なものとなった。どのカットも難しく時間も足りないことに加えて、気温が急激に変化したからだ。突然、温度計ががくっと落ち、急に寒く、ものすごく寒くなり始めた。全員一丸となって努力しているにもかかわらず、どうしても撮影は長引いた。夜が明けるやいなや、技師たちや俳優たちやエキストラの人たちは凍りつき疲れ果てた状態で、少しでも休むために大急ぎでパリに帰った。

昼ごろにはまたギュイヤンクールに戻ってこなければならない。

けれども私にとってはその三夜はとても面白く、また新たな出会いに満ちたものだった。私の出番は長いシーン一つだけで、そのほかは全体ショットにいくつか入るだけだった。そのため、残りの時間に好きなところを自由に動き回って、乞食を演じるジャン＝クロードを始め、ほかの出演者たちとたくさん知り合うことができたのだった。ピエール・クロソウスキーは初めちらっと見かけるだけだったが、そのあとで数日にわたって一緒に過ごすことができた。不良少年たちの一団とは一緒に卓上サッカーゲームをやったりした。彼らはジンのボトルを回し飲みしていたので、私もバカにされないよう背伸びしてごくごくと飲んでみせた。おかげで体が熱くなり、興奮して、彼らと一緒にいる歓びがいっそう研ぎ澄まされた。宵のうちは鉄柵の向こうでかたまって見物していた村の人たちも、夜が更けたためもう随分前に眠りについていた。スタッフたちも疲労の色を見せていた。私だけはみんなのあいだを飛び回って、熱いコーヒーやタバコを配ったりしていた。「早く帰って寝なさい」とロベール・ブレッソンは疲れた調子で何度も繰り返し言っていた。帰って寝る？　とんでもない！

最後の撮影の夜が明け、秋の訪れを告げるような灰色の湿った霧の中を、二人で家路についていたとき、彼はぎょっとしたように叫んだ。「おい君、酒臭いじゃないか！」「ジンよ！」私は自慢げに答えた。たぶんちょっと酔っていたのだろう。私たちは黙って家までの残り数メートルを歩いた。彼は小さな足取りで、背中を曲げて歩いていた。まるでこの世のすべての重みをその両肩に背負っているかのように。

別れ際に、彼は私の頰に短いキスをした。「君は本当に子どもみたいなまねをするんだね……」。そうささやいてから、彼は私たちの二つの部屋のあいだの扉を閉めた。彼がベッドにもぐりこむ音が聞こえた。浴室にも行かず、子猫たちと遊ぶこともせずに。

プロデューサーが、映画監督のジャン＝リュック・ゴダールを連れて昼食にやってきた。ロベール・ブレッソンは不機嫌なままだった。彼に相談もなく、しかもぎりぎりになってセッティングされたことだったからだ。若いゴダールが、年長のロベール・ブレッソンを熱狂的に崇拝しており、雑誌カイエ・デュ・シネマのためのインタビューもしたい、というのがその口実だったが、ロベール・ブレッソンは「私にそんなヒマがあるとでも言うのか！」と激怒していた。

私の方はこれで彼らと食事しないで、ギュイヤンクールのカフェでスタッフたちに会えると喜んでいた。だがロベール・ブレッソンは許さなかった。「私を一人であの連中と一緒にするなんて問題外だ！」考えを変えさせようとしたが、無駄だった。「ダメ、ダメ、ダメ。君は私と一緒にいるんだ。それにプロデューサーも君が同席することを望んでいるし」。それから、ふと疑り深そうな声になって、「それにしても、どうしてだろうな……。あのジャン＝リュック・ゴダールというやつの映画は見たことあるかい？」「いいえ」。私が知らないので、彼は安心したようだった。そして、ひどく不機嫌なままの私にはかまわず、愛用のファインダーを手に、午後の初めに予定されている数カットの説明を始めた。

ギラン・クロケに不満を漏らすと、彼は私の「好奇心の欠如」に驚いていた。彼によれば、ジャン゠リュック・ゴダールというのは同世代の中で最も重要な映画作家の一人であり、その人物に近づけるのは大変な名誉だということだった。君は自分がどんなチャンスを与えられたのかわかっているのかい？　いいえ、あんまり。ギランはなおもしつこかったので、私は弁明しようとした。

確かにジャン゠リュック・ゴダールの映画は見たことがないけれど、その噂はよく聞いている。私の周りの大人たち、マリー゠フランソワーズやブリュノ、それに同い年の友人たちの何人かだって、封切りと同時に映画館に駆けつけている。称賛する人もいれば、けなす人もいて、その両陣営のあいだで果てしない議論が、というよりもむしろ口論が、繰り広げられている。この映画監督のことになると、みんなまるでアルジェリア戦争やド・ゴール将軍の話をするときみたいに興奮している。要するに、彼の映画は絶対に見るべきであり、その上で、必ず賛成か反対か、どちらかの立場を表明しなければならないのだ。そうしなければ、時代の空気に、流行に乗り遅れているとみなされてしまう。

「で、君はむりやり〈流行〉に乗せられるのが嫌いなんだね」とギラン・クロケは面白がって言った。

「そうそう！」

私はきっと聞き分けのない子どもみたいな様子をしていたのだろう。ギランが噴き出した。彼は私を待っているロベール・ブレッソンの方を指した。ロベール・ブレッソンは明らかに待ち焦がれてじりじりしていて、私たちの数メートル先をうろうろと行ったり来たりしていた。

「さあ、行って楽しんでおいで。君の愛しい独裁者のご主人様のほかにも、いろんな映画作家がいるってことだけはわかるからさ」

私はずっとぶすっとしたままだったが、ロベール・ブレッソンもそうだった。プロデューサーのマグ・ボダールはその女性らしい魅力を惜しげもなく披露し、この奇妙な昼食会をもっと楽しく輝かせようと見事な手際を発揮していたが、それを変えさせるには至らなかった。

ジャン＝リュック・ゴダールは、やや甲高い声で、どもりながら、今私たちが撮影中の映画について、大変興味を持っていると切り出した。ロバと若い娘の悲劇的な運命を結びつけるのは、彼にとって非常に感動的で詩的な発想に見えるらしかった。ロベール・ブレッソンは黙って相手の話を聞き、ときどき同意のしるしにうなずくだけだった。彼のこの礼儀正しく無邪気な様子は、私には解読し慣れたものだった。彼はどうしようもないほど退屈しきっていたのだ。ジャン＝リュック・ゴダールは感づいていたのだろうか。食事を始めた頃にはまだ表に見せていたごくわずかな自信が、すっかり消え去っていた。今ではもうお世辞の言葉も尽き、話題もなくなってしまったように見えた。そこで彼は自分が読んだ本の話をし始め、とくに『サーカス犬マイケルの冒険』の話を長々とした。この小説はご存知ですか。「いいや」とロベール・ブレッソンは答えた。「では、その作者、ジャック・ロンドンのことは？」「いいや」。ますますうろたえていくわれらが哀れな客人は、私の方を向き、初めて私に声をかけた。「じゃあなたは？　お嬢さん」「いいえ」「きっとあなたの気に入ると思いますよ。『サーカス犬マイケルの冒険』は。お送りしましょうか」「あ、いいえ、結構です」

　私たちは四人そろって、次の撮影が予定されている庭園の一角に向かって歩いていた。マグ・ボダールだけが懸命に会話を盛り上げようとしていたが、もはや会話と言えるものは存在していなかった。ロベール・ブレッソンはそのすきに私の耳にささやきかけてきた。「一体奴は何だと思ってるんだろうね。もちろん私は『サーカス犬マイケルの冒険』を読んでいるし、ジャック・ロンドンを知っているに決まっているじゃないか！　ただ奴とその話をしたくないだけさ！」そして声を張り上げ、社交的な調子で、「ところで、君、ジャン゠リュック、新しい映画を撮り始めるそうじゃないか。ああ、それはいいことだ。何というタイトルだったっけかな。いや、いや、いや。私に思い出させてくれ……。『気狂いピエロ』？　ああ、そうだ。『気狂いピエロ』だろ！　いや、それはすばらしいよ！」ジャン゠リュック・ゴダールはもごもごとお礼を述べ始めたが、ロベール・ブレッソンは大領主が家臣にするように軽く手を振って黙らせた。撮影隊が彼を待っていた。

こうして私たちは訪問客の二人に暇を告げた。ジャン＝リュック・ゴダールはそれからまだ一時間も私たちのあいだをうろちょろしていた。必死に家族を探す孤児みたいな悲しげな表情で。時折、彼の視線がやや長めに私の上に注がれるのを感じることがあった。けれども私は大好きな技師たちと一緒にいたし、彼らはみんなとても忙しく、そしてそういう彼らの働いているところを見るのが大好きだったので、私はすぐにこの闖入者のことを忘れてしまった。もしそのとき、誰かが私に、一年後にまたこの人物に会うだろうと言ったら、そして一九六五年八月のこの日、彼がここに、「バルタザールどこへ行く」の撮影現場に来た本当の理由を、彼自身の口から聞くことになるだろうと教えてくれたとしたら、とても驚いただろうと思う。彼自身の言葉によれば、フィガロに載った私の写真に一目ぼれしたのだという。そしてロベール・ブレッソンに会うというのは、私に近づくための口実にすぎなかったのだという。けれども、それはまた別の話だ……。

夕食の少し前、ずっと二匹の子猫に話しかけながらお風呂に入った後、ロベール・ブレッソンは私を部屋に呼んだ。自分の部屋を出て向こうに行くと、彼はベッドに横になり、膝の上に二冊の台本をのせて待っていた。その一冊を私に差し出して、

「王妃グニエーヴルのセリフを読んでほしいんだ。しるしをつけてあるページから」

その台本とは「湖のランスロ」で、ロベール・ブレッソンは何度もその映画の計画を話してく

れたことがあった。賛同してくれるプロデューサーが誰もいないにもかかわらず、彼はこの映画にとても執心していたのだった。いつか理解してくれる人物が見つかるという希望を失わず、これこそが自分の映画の中で最高傑作になると確信していた。その自信に支えられて、彼はその台本の写しをあらゆるところに配り、常にそれを話題にし続けていたのだ。

私は床に座り、ベッドにもたれながら、喜んで王妃グニエーヴルのセリフを読んだ。ロベール・ブレッソンは台本も見ずに、ずっと子猫をなでながら、返答する相手役を務めた。下では、トラクターで帰ってきたシャルリーが、庭で奥さんに大声で呼びかけ、何やら夫婦喧嘩らしき口論をしていた。

「何という恐ろしい声だ」とロベール・ブレッソンはため息をついた。「君とはまったく違う。君の声はいくら聞いても飽きない……。続けてくれるかい」

相変わらずベッドに横になったままだったが、さりげなく私の肩に手をのせた。初めはごく軽く、置かれたのを感じないほど軽く。

「君はすばらしいグニエーヴルになるだろうね」と彼はつぶやいた。

彼の手が上に移動してきて、私のうなじに触れ、優しく首をなでた。私は読むのをやめて、彼の方に向き直った。燃えるような、それでいてとろけるような眼差しが私を包んだ。でも私にはもうわかっていた。この眼差しが、私がただここに、彼のそばにいるという以上のことは何も望んでいないということを。そしてまた、これほど愛情に満ちた目で私を見つめてくれた人は、これまで誰ひとりとしていないということを。

「そう、すばらしいグニエーヴルにね……」と彼は繰り返した。「でも約束してほしい。私以外、ほかの誰の映画にも出ないってね……。約束してくれるかい」

その要求はあまりに思いがけないものだったので、私は一瞬どう答えていいかわからなかった。彼は私の沈黙を同意のしるしととり、顔を輝かせて、幸せそうな笑みを浮かべた。

「君がそうしてくれると思っていたよ。『バルタザール』が封切られたら、君はもうほかの映画監督に会わないようにするんだ、いいね。君の無垢さを守らないといけない……。私のために、『湖のランスロ』のためにね。そうすれば、君は私の王妃グニエーヴルになれる。なりたいだろう、ね?」

「でも、もう二十年もプロデューサーが見つからないんでしょう。誰が引き受けてくれるの? もう終わったのよ、その話は! 絶対できっこないわ!」

急に彼の顔が曇り、私のうなじをなでていた手が離れた。私たちは身じろぎもせず、黙って見つめ合った。彼の目には悲しみと濃い疲労の影が浮かび、一気に何年も歳をとったように見えた。こんなふうに彼が突然変貌してしまうのを見るのは初めてではなかったが、どうしてこれほど急に年齢を変えてしまえるのか、あらためて不思議に思った。

「君は残酷だ」としばらくしてようやく彼はつぶやいた。

そして私が言い返そうとするとまた言った。

「でも君にはまだそれがわからないんだ」

「バルタザールどこへ行く」を撮影しているあいだに、私は、生きる幸せとはどういうものなのか、もっと正確にいえば、生きていると実感できる幸せとはどういうものなのかをはっきりと知った。それは、小説で読んだり映画で見たりしたものとは、必ずしも同じではなかった。それはもっと乱暴で、もっと荒々しく、そして私の印象では、もっと開けたもののように思えた。

撮影に関係するあらゆることが、すべてその幸せに含まれていた。幸福な時間はもちろん、そうではない時間でさえ、そうだった。そうではない時間は決して長く続かなかったからだ。私は家族のことや友人のことをほとんど思い出さなかったし、この世界で何が起きているのかも、ほとんど意識していなかった。ただそれでも、夜ギュイヤンクールの家に戻ると、一応テレビを見てはいた。

映像ではアルジェリアの様子やブーメディエンヌ大佐が政権についたことが映し出されていた。

アメリカ大統領がヴェトナムへの軍事介入を承認するよう求めていた。ロサンゼルスで人種差別に対する暴動が起こり、三日間で七千人の黒人が武器を奪い、民家に火を放っていた。イエールとラヴァンドゥ間で大火事が発生し、九十時間にわたってコート・ダジュールを焼き尽くしていた。ラヴァンドゥには、ヴァカンス中の友人アントワーヌがいた。

ロベール・ブレッソンと私は、こうしたさまざまな報道を見ながら、ジョジーやシャルリーと同じように、さまざまな感慨を抱いていた。けれども、そうした感慨はすぐに意識から消えてしまった。ひとたび外に出て、夏の夜の優しさに包まれるだけで、ロベール・ブレッソンはいつものごく自然な調子に戻り、私たちの秘めやかな会話が始まるのだった。私たちはもちろん映画のことを話した。けれどもほとんどの時間、それは間接的に話されるだけだった。

彼はワットーの絵「ジル」に描かれたロバの話をし、私にその絵の複製を見せてくれた。あるいはまた、ドストエフスキーの『白痴』に出てくるロバのことや、ロマネスクの大聖堂の破風を飾るロバたちの話をした。私が演じる登場人物のことを話すことはめったになかったけれど、それは不要だった。私はマリーそのものだった。ただ彼女の言葉を言う、それだけでよかった。祖父の心配とは逆に、マリーの悲劇的な運命は、私に何の影響も与えなかった。それどころか、私はそれをほとんど意識していなかったようにさえ思う。自分が今生きているこの幸福な状態が、どんなものからでも私を守ってくれているような気がしていた。

そうしてついに穀物商の家のシーンがやってきた。誰もが口をそろえて「きわどい」と形容するシーンだった。ジョジーとシャルリーは、ロベール・ブレッソンのいないところで、もっとはっきり「卑猥」と呼んでいたが。それはまた、パリ近郊で撮る最後の室内シーンでもあった。予定されていたカットはとても多く、セリフもたくさん含まれていた。そのシーンとは、だいたい次のようなものだった。

マリーは、ひどくお腹をすかせ、精根尽き果てて、雨粒を滴らせながら、ピエール・クロソウスキー演じる穀物商の家に雨宿りに来る。彼女は服を脱ぎ、裸で布団にくるまって、何か食べるものを要求する。穀物商は彼女にジャムとリンゴと、そして紙幣を何枚か与える。それと引き換えに彼女が体を差し出すと言ったからだ。テーブルをはさんで両端にいる二人のあいだで、長い会話が交わされる。彼女はどこかへ逃げてしまいたいという欲望を打ち明け、彼は絶対的な暗さとシニシズムに彩られた人生観、社会観を披露する。夜が明けると、彼女は服を着て、かつてないほどの絶望を抱え、出ていく。自身の破滅へとまっすぐ続くことになる道に向かって。

私は台本を暗記していた。ロベール・ブレッソンと一緒に何度もこのシーンを読み返していた。その異様な長さと二人の人物の対立にひどく興味をそそられていた。そのシーンを演じる私には、純真さと淫らさ、落ち着きと悲嘆とを、微妙なさじ加減で混ぜ合わせることが要求されていた。そしてロベール・ブレッソンは、わざとこのシーンを撮影の最後に持ってきたのだった。「そのときには君はカメラに完全に慣れて、何も怖いものがなくなっているだろうからね」というのが、少し前に彼がしてくれた説明だった。目の前にはピエール・クロソウスキーがいた。この人物の個性の強さには、感銘を受けずにはいられなかった。

　彼は不思議な人だった。移動するとき、何かひどく苦しそうに歩き、時には自分のその体の中に収まっていること自体が苦痛であるかのようにも見えた。背は低かったが、胸をまっすぐに張って、頭をぐっと持ち上げるその姿勢のために、そしてとくにその眼差しの鋭さのために、実際よりも大きく見えた。その体からは、本物の脆さと、それと同時に、支配者然とした何かが発散されていて、その威厳的な何かが、彼を魅力的に、そしてやや恐ろしく見せていた。彼は他人に対して、すべての他人に対して、もれなく注意を払っていた。周りが自分に何を期待しているのかを理解したいと望み、うまくやってみせたいという、ほとんど子どもじみた欲望を持っていたが、その強さは度を越していて、限度を知らなかった。フランソワやヴァルテルのような無関心な人たちとはまったく逆で、彼は自分のすべてを差し出したい、完全に、即座に差し出したいと望んでいるように見えた。私たちの何人かは彼が作家であることを知っていたが、ギラン・クロケと二人のアシスタントをのぞけば、その作品を読んだことのあるものはいなかった。一体、ロベール・ブレッソンとはどういうつながりがあったのだろう。誰もそれを知らず、私もあえて尋ねなかった。見る限り、彼らはお互いによく知っていて、尊敬し合っているようだった。

　ただし、その彼に対してロベール・ブレッソンがとる態度は冷酷で厳しいものだった。特に、穀物商が石油ランプを手に、雨に打たれたマリーが外からどんどんとたたく家の戸を開けようとするカットを撮るときのあいだは、ずっとそうだった。

いつものように、ロベール・ブレッソンは自分が何を求めているかについて明確な考えを持っていた。そして、いつものように、ピエール・クロソウスキーに対して自分がまずやって見せた。ピエール・クロソウスキーは一度の動作で、しかもまっすぐな姿勢で、扉にたどり着き、そして開けなければならなかった。ところが、いくらちゃんとやろうとしてみても、彼にはそれができなかったのである。どうしてもちょっと斜めに傾き、カニみたいになってしまうのだった。何度もテイクが重ねられ、ロベール・ブレッソンはいらいらして、言葉がきつくなっていった。「おい、そのおかしな歩き方は何なんだね、一体。私がそんなふうに歩いてるかい。まっすぐ体を起こすんだ、まっすぐ！」毎回撮り直すたびに彼は注意した。ピエール・クロソウスキーは何度もやり直すのだが、どんどん惨めそうになっていった。どうしてロベール・ブレッソンは、この役者が本当にうまくできなくて苦しんでいることがわからないのだろう。彼はちょうど、正しい方向を見ようとしなかったときのロバのバルタザールに対するような態度で、執拗にピエール・クロソウスキーを攻撃した。この屈辱的な状況は午前中ずっと続き、さすがに私も、ギラン・クロケにならって、ロベール・ブレッソンはわざとピエール・クロソウスキーを虐待して歓びを感じているんじゃないかと思ったことを覚えている。けれども、それはそのとき一度きりだった。

そのあと、マリーと穀物商とのあいだの最初のシーンがやってきた。陰鬱な家のセットはピエール・シャルボニエの手になるものだった。それはごく狭い小さな部屋で、照明機が所狭しと並んでいたので、スタッフ全員は入りきらなかった。とても暑くて息苦しい上に、リハーサルは大量の電気を帯びた空気の中で始まった。

——ここで死んでもいいわ。何も思い残すことはない。

——誰が死ぬって?

——私よ……。あなたは何も信じていないの?。

——私は自分が持っているものを信じている。お金だ。死は嫌いだよ。

——それでも死ぬのよ、あなただって。ほかの人のように。

——そいつらみんなより長生きするさ。


ロベール・ブレッソンは、そのシーンをいくつものカットに分けていた。まず私を撮り、それからピエール・クロソウスキーを撮った。毎回、私一人しか絵に映らないので、私はロベール・ブレッソンに対して話しかけ、彼が答える形になった。彼はカメラのそばに立ち、返答のセリフを素早く何の特徴もない口調で読み上げた。

「スタンバイ!」

「回りました!」

「ハイ、ヨーイ!」

「バルタザール、五七九、テイク1!」

「アクション！」

——あなたは年寄りだわ。

——それほどでもないさ。

——それに、醜いわ。


これらのセリフを彼に言っていたとき、私たちのあいだには何かがあった。とてもひそやかな、二人だけに通じる何かが。私はもちろんマリーの役を演じていた。でも同時に私はアンヌでもあって、これらの言葉を直接ロベール・ブレッソンに向けて言っていたのだ。二人が初めて会ったときから私が抱いていたさまざまな感情、彼に対して抱いていた複雑な感情が、私の声に入り込み、そしておそらく、私の顔にも浮かんでいただろう。これらの言葉を、私はもしかしたら初めから彼に言うことができたかもしれないのだ。彼が私にキスしようとしたあのいくつかの夜、庭園で。私はその日、そのシーンを演じながら、私自身がそうとは知らずに持っていた男性への媚《こび》と無邪気さとをそのまま込めていた。そういう媚と無邪気さを、私は彼のおかげで、彼とともに表に現すことを覚えたのだった。彼の大きな貢献によって私のうちから掘り出されたもの、それが今、生き生きとした素材となって、私がマリーという人物を豊かに肉付けするために役立ってくれていた。父の死以来、私がその中で生きてきたひっそりとした絶望、ほとんど忘れかけていたその絶望までが、ふいに浮かび上がってきた。そのシーンが進むにつれて、私は直観的に悟っていた。今でもまだうまく説明することはできないけれど、女優という職業の基礎となる何かを、私は見出していたのだ。あとになって、この道を進みつづけることに決めたとき、私はこうした経験のすべてを情報《データ》として整理し、自由に使いこなすことができるようになる。だがさしあたって今、私はただ未知の歓びを覚えるだけだった。そのことを私は意識し、自ら大胆にも間や視線や抑揚を工夫し、ロベール・ブレッソンが指示しなかったこと、リハーサルでやらなかったことをやってみせた。

――友達が欲しいのよ……私の歓びも苦しみもともに分かち合ってくれる友達が。

「カット！　汗をかいてる」

ロベール・ブレッソンはカメラ横のポジションを離れて、自らハンカチを持って汗を拭きに来てくれた。髪の生え際にある、私の額の一滴の汗、彼以外の誰も気がつかなかった一滴の汗を。そのついでに彼は私のポニーテールのかつらを直し、厚い掛け布団を上の方まで引き上げてくれた。その布団の下は裸という設定だった。「とてもいいよ」と彼はささやいた。「とてもいいよ……」

その日の撮影が終わりにさしかかり、みんな疲れ果てた顔を見せ始めたとき、製作主任が「予定の終了時刻を越えることは何があっても許されない」と宣告した。ロベール・ブレッソンは驚いたふりをして見せたが、結局ピエール・クロソウスキーを連れて外に出た。私は彼らの後ろについて歩き、ロベール・ブレッソンが、二週間前ヴァルテル・グレーンに言ったことと正確に同じことをピエール・クロソウスキーに繰り返しているのを聞いてびっくりした。

「君自身のままでいることを受け入れたとき、君は穀物商という人物になることができるんだ。そのためにまずアンヌの撮影から始めたんだよ。君が彼女を観察できるようにね……。アンヌは何かの意図とか心理とかをまったく付け加えたりしない……。だからこそ彼女は常に正確で常に本物なんだ」

ということは、彼はまったく気づいていなかったのだろうか。私がマリーを演じるやり方の中で、何かが変わったということに。一瞬、私はそれを彼に話してみたい、ジンを飲んだことを自慢したときのように、わざと彼に逆らってみたいという欲望にとらわれた。けれども、私はあきらめた。ロベール・ブレッソンは絶対にそれを認めようとしないだろうからだ。彼が私に満足し、私を評価してくれるとしたら、それはいつも一方的に彼の側から、彼のやり方の結果としてそうなるのでなければならなかったのである。

パリ近郊での撮影はほとんど終わり、大半のスタッフはオート＝ザルプに向かおうとしていた。そこで「バルタザールどこへ行く」の最後の屋外シーンが撮られることになっていたのである。ピエール・シャルボニエは一足先に現地に行き、新しいロケ地を探して、毎晩ロベール・ブレッソンに電話してきていた。彼の報告によれば、空や山、傾斜のある広々とした草原や羊の群れなどの感じが、ピレネーの風景にとてもよく似ているとのことだった。ピレネーは、最初候補地になっていたが、結局あきらめた場所だった。おまけに天気も快晴で、確かな筋によれば、このまま十月まで好天が続くだろうという。「で、羊たちは？」とロベール・ブレッソンは心配そうに尋ねた。「大丈夫だよ、心配するな。羊たちもばっちりさ！」ピエール・シャルボニエはいつも楽観的だった。

彼は、ガップから数キロほど離れた小さな田舎のホテルに泊まっていて、今週の終わりに、私たちがそこに合流することになっていた。私たちというのは、ロベール・ブレッソンと、私がまだ会ったことのないその奥さん、そして二匹の子猫と私である。ほかのスタッフたちはその三日後に到着し、同じホテルに滞在する予定だった。ホテルは、映画のために完全貸し切り状態になるわけだった。スタッフの多くが、自分の奥さんや恋人を呼び寄せるつもりにしていた。ギラン・クロケもそうだったし、私の元恋人もそうだった。

最後の数日間、撮影隊の雰囲気が変わり、まるでヴァカンスに出かける前の日みたいに陽気になった。レストランの住所や観光地の情報が飛び交い、みんな口々にこう言い合った。「このひと夏を棒に振っちまったんだから、ちょっとぐらい太陽を楽しんだって罰は当たらないよな！」

こういうみんなの浮付いた雰囲気を、ロベール・ブレッソンは喜んではいなかっただろうが、仕方なく思っているふうだった。というのも、彼が本当に気にかけていたのは、たった一つのことだけだったからだ。私が彼のそばにいる時間が、残りわずかになってきたということである。もう九月に入っていた。新学期がもうすぐ始まる。契約書では、私は二十日にはサント＝マリー高校に戻ることになっていた。あちこちで撮影の遅れが積み重なっていたけれど、私が出るカットはもうほとんどなく、オート＝ザルプに私が滞在するのはせいぜい一週間のはずだった。そのあとは……。

そのあとは、私は撮影隊を離れパリに戻る。彼らは私抜きで映画の製作を続け、「バルタザールどこへ行く」を完成させるだろう。こうして別れてしまうということが、私にはどうしても受け入れられなかった。ロベール・ブレッソンも同じで、私たちは二人とも同じように気が沈み、鬱々としていた。「撮影プランを変更して、君ができるだけ長く私と一緒にいられるようにしよう……」と彼は繰り返し言いつづけていた。私が信じられないといった顔つきをしていると、「何か理由を見つけるよ……。君の家族を説得してみせる……。サント＝マリーの先生たちも……。私はカトリック関係にたくさん知り合いがいるからね……。彼らに頼んでみよう……。約束するよ……。私を信じてくれるよね？」いいえ、残念ながら、私は彼を信じてはいなかった。けれどもそのことを言う勇気がなく、うつむいたまま目を伏せていた。私の目の中に、彼が答えを読み取ることのないように。

すでに秋の訪れが感じられる物憂げな午後の終わりだった。日中降っていた雨ももうやみ、庭園の小道の水たまりもほどなく乾こうとしていた。空気はさわやかだったが、まだかすかに匂いが残っていた。さっき刈り取られたばかりの草原の草の匂い、そして家の周りに植えられたバラや月桂樹、カーネーションの匂い。隣の菜園から子どもたちの叫び声や笑い声が上ってきて、台所ではジョジーが夕食の支度をしていた。それは、これまでと何一つ変わることのない同じような午後の終わりだった。けれども……。

けれども、それは最後の午後なのだった。

ロベール・ブレッソンはＬＴＣ現像所に前日のラッシュを見に出かけていて、私はいつものようにあのジャックとマリーの二つの長いシーンが撮影された庭のベンチに座って、彼の帰りを待っていた。小説を一冊持ってきていたが、読んでいなかった。それほど自分を取り巻く周りのものにすっかり気をとられていたのだ。この庭園の魅力に、撮影の幸福な記憶に、どうしようもなく心を奪われていたのだ。私は木々や花々の茂み、家の輪郭や小道の湿った砂を眺め、それらを自分の中に刻み込んで、絶対忘れないようにしようとした。技師たちの顔やその仕事のやり方も絶対に忘れたくなかった。私は彼らが使っていた用語をみんな覚えていたし、あとになっても、自分で独りまたそれらを思い出して口にしてみるだろうとわかっていた。カチンコ、移動撮影、レール、インサート、パン、引き、寄り、マイクブーム、アフレコ。私は十八歳だった。この夏のおかげで、私は少女から大人になったと思っていたけれど、こうしてヴァカンスが終わってみると、結局私は、また学校に戻らなければならないただの一人の少女でしかないことがわかった。とっくに置き去りにしてきたと思っていたこの少女が、こうしてふいにまた甦り、私をいらだたせた。まだオート＝ザルプで一週間撮影があるじゃないの。ロベール・ブレッソンとその奥さんと二匹の子猫と一緒に移動する期間も含めれば、十日になる。もしかしたら十二日かもしれない。ピエール・シャルボニエと一緒に二日間ロケハンする時間も数えれば。なのにどうしてそんなに悲しむの？　と。

庭と家を眺めながら、私は自分の美しい、この上なく美しい冒険の、そのもっとも幸せな部分が終わろうとしているのを意識していた。私たちが住んだこの家、ロベール・ブレッソンと私が住んだこの家は、自分の家になっていた。いや、正確に言えば、私たち二人の家になっていた。この家は、私たちのあいだに日一日と紡がれていったあのあまりにも奇妙な絆を守り、育んでくれたのだ。この絆がこれからまだどれくらい深く私の人生を方向付けていくのか、自分にもまだわかっていなかったけれど、この滞在が終わりを迎えようとする今、私たちがいつも二人きりで過ごしてきたあの時間がどれほど豊かなものだったか、はっきりと理解できた。そう、私たちは一組のカップル、奇妙なカップルをなしていたのだ。そう、私たちは二人一組で、それが私をとても幸せにしてくれていたのだ。それが今夜、終わろうとしている。この後、ガップ・ホテルに行けば私たちはみんなに取り囲まれ、もう決して二人きりになることはないだろう。そのことで自分が何を得るかはまだわからなかったけれど、自分が何を失おうとしているのかはよくわかっていた。その喪失の感情に私はにわかに悲しくなった。

中庭に車を止める音が聞こえ、彼が私の方に進んでくるのが見えた。その自信に満ちた足取りには、何か勝ち誇ったような感じがあった。時々そうなるように、ロベール・ブレッソンは若返り、ほとんど若者のようになって、ベンチに座る私の横に滑り込んできた。

「三週間！」と彼はすぐに言った。私が茫然としていると、

「三週間だよ。あと三週間、君は私のそばにいるんだ！　時間も君も両方手に入れた！」

「両方？」

彼は猫のようにしなやかに伸びをすると、カシミヤのセーターを自分の肩に巻き直してから、おもむろに説明し始めた。私が知らないあいだに、彼は交渉を開始していたのだった。一方では

私の母と、そしてもう一方ではサント゠マリーの校長先生と、私がパリに戻る日程を延期するために。彼は、山の景色の中で私が出演するはずのシーンがあるとでっち上げの嘘までつき、さらにパリ地方での撮影が悪天候とロバのバルタザールの気まぐれのために遅れたことを、ひどく誇張して説明したのだった。時には懇願し、時にはへりくだり、そして時にはたらし込んで、自分の映画の運命は彼女らの手に握られていると掻き口説き、一方を説得するためにもう一方を利用したりしたのだという。

「でも、私の新学期の授業は？」

「私の作品のために犠牲になるのさ！」

彼がなおも語ってくれたところによると、ママの方が最後まで渋っていたらしい。彼の映画の熱烈な崇拝者である校長先生の支持がなければ、ママを説得することはできなかっただろうと彼は言った。私は彼の度胸とずうずうしさに度肝を抜かれていた。そしてまた、何ものにも打ち勝とうとするその相変わらずの意志の強さに驚嘆していた。それから彼はこの後どんなふうに撮影プランを変更するつもりか、どんなふうに製作会社に私のガップ滞在の延長を認めさせるつもりかを説明してくれた。彼は喜びと幸せと誇りで満面に笑みを浮かべていた。彼は抗しがたいほど魅力的だった。自分でもそのことを知っていた。私の目の中にそう書いてあるのを、彼は読みとっていた。

「うれしいだろう？」

私は何も考えず、すぐに彼の首に飛びついて腕を回し、肩のくぼみに顔をうずめた。

「ええ、ロベール、ものすごくうれしいわ！」

そしてすぐに、二人同時に、はじけるように笑った。期せずして私は、ジャックとマリーのファーストシーンの終わりを演じてみせたのだった。ヴァルテルがひどく苦しんで演じたあの場面。その撮影はこのベンチの上で、五週間前に行われたのだ。私には昨日のことのように思えた。ロベール・ブレッソンはすぐに映画のセリフを返してきた。


――覚えているかい？　僕が君に約束したことを。昔、このベンチの上で……。ほかの人を好きになったりしないって。

――でもジャック、私はあなたのことを愛しているかどうか、自信がないの。

――そんなに難しいことかい？

――それにもしあなたを愛していないのなら、愛してるなんて言ってあなたをだましたくないの。

――でも僕と一緒にいてうれしいかどうかは、よくわかってるはずだ。

――ええ、ジャック、ものすごくうれしいわ！

そのまま私たちは黙っていた。私は相変わらず彼の首に腕をまきつけ、肩のくぼみに顔をうずめたままだった。彼は自分の膝の上で両手を組み合わせ、彫像のようにじっと動かなかった。私たちは二人とも心安らかで、鳥たちの最後の歌や、沈みつつある日の光や、小道の上でだんだんと大きくなっていく木々の影にじっと注意を向けていた。私たちの呼吸はぴったりと一致し、心臓までが同じリズムで鼓動を打っているように思えた。もうすぐジョジーが家から現れ、夕食よと私たちを呼ぶだろう。あるいはシャルリーかもしれない。一階ではもうランプがいくつか灯っていた。

「日が短くなっていくね。夏が行ってしまう」とロベール・ブレッソンが言った。

「そばにいられて本当に幸せだったわ」

彼は私を抱き寄せ、両腕の中に強く抱きしめた。まるで答えを探しているかのように、何秒かが過ぎた。それから、重々しく、私の目をまっすぐに見つめて、

「私もだ。君のそばで過ごして私は……。君の若さのおかげで私まで若くなった……。何度も君と同い年になったよ……」

そして、私の驚いた様子を見て、

「もう少し経てば君もわかる……。もう少し経てばね」

地下鉄のトロカデロ駅を出て、私は一瞬立ち止まる。べとべとと肌を湿らす霧が、シャイヨー宮の建物と、その先にある広場やエッフェル塔を、おぼろにかすませている。この十月の霧は、私がふだんの生活に戻って感じている居心地の悪さをいっそう際立たせる。家、家族、徹夜の勉強、そしてサント゠マリー高校……。家に帰ってきて以来、私は自分が旅先にいる異邦人のような気がしている。私の人生はここにはない。ロベール・ブレッソンのそばにも、映画の撮影隊の中にもない。夏のあいだはそう信じていたけれど。それもまた終わってしまったのだ。彼らが自分の妻や恋人に再会するところを見て、私はそのことを悟ったのだった。私の人生、それはまたさらに別のものなのだろう。不意に霧が晴れ、エッフェル塔がくっきりと姿を現した。そしてその向こうにシャン゠ド゠マルスの庭園が、パリの街が現れた。きれいに晴れ上がったこの景色を前にして、私は自分の人生を予感するような気がした。束の間、けれども見渡す限りはるかに。

## 訳者あとがき

一九六五年春、十七歳のアンヌ・ヴィアゼムスキーが六十三歳のロベール・ブレッソンと出会ったとき、この老齢の（と言ってもいいだろう）映画監督はすでに高い評価と名声を確立した巨匠だった。寡作ながら、「抵抗」（一九五六年）、「スリ」（一九五九年）、「ジャンヌ・ダルク裁判」（一九六二年）と、どれも圧倒的な存在感を放つ独自のスタイルの映画を撮りつづけていた。

その巨匠が、自身の次回作「バルタザールどこへ行く」の主演女優として、アンヌを起用したいという。こうして、のちにジャン゠リュック・ゴダールやピエル・パオロ・パゾリーニといった革新的な映画監督たちの作品に出演することになる〈女優アンヌ・ヴィアゼムスキー〉が誕生する。その後、ヴィアゼムスキーは、一九八八年に処女短編集 *Des filles bien élevées*（育ちのよい娘たち）、翌八九年に長編小説 *Mon beau navire*（私の美しい船）を刊行し、以来現在まで、作家としてのキャリアを着実に重ねている。

本書は、大学入学試験を二年後に控えて平凡な高校生活を送っていた少女が高名な映画監督に見初められ、ヒロインとして初めて映画撮影の現場で過ごしたひと夏の経験を描いた、ヴィアゼムスキーの自伝的要素の濃い小説である。刊行は二〇〇七年、ヴィアゼムスキーの長編小説としては、九作目にあたる。

平凡な高校生活、とは書いたが、しかしもともとアンヌ・ヴィアゼムスキー自身も決して平凡な少女ではない。母方の祖父はノーベル文学賞作家のフランソワ・モーリヤック、伯父のクロード・モーリヤックも作家という文学家系だ。このクロードの妹がアンヌの母クレール・モーリヤックで、結婚してヴィアゼムスキー姓となったわけだが、その結婚相手、つまりアンヌの父イワン・ヴィアゼムスキーはロシア革命後にフランスに亡命してきた貴族である。ブレッソンは、自分の映画に出演させる若手の〈素人俳優〉として、文化的教養の高い良家の子弟を好んだが、アンヌ・ヴィアゼムスキーはまさにその条件にぴったりあてはまったと言えるだろう（ちなみに、作中にも何度か登場する弟ピエールは、現在、Wiazの名でイラストレーターとして活躍している。フランスの代表的な左派系週刊誌「ヌーヴェル・オプセルヴァトゥール」の連載イラストといえば、わかる人も多いのではないだろうか）。

『少女』は、だから右に書いたような事情を踏まえれば、幾重もの興味から読むことができる。映画ファンならば、まず何よりもあのロベール・ブレッソンの撮影現場の様子を知ることができるというだけで貴重だろう。また、ブレッソンとその主演女優アンヌとの関係も興味深いに違いない。もちろん、一時期ゴダールと結婚していたこともある（一九六七年に結婚、一九七九年に離婚）、あのアンヌ・ヴィアゼムスキーという女優のスクリーンでの印象が忘れがたいという思いで本書を手にとる方もおられるだろう。

一方、フランソワ・モーリヤックという名前は、今では大学のフランス文学科の学生でさえあまりなじみがないかもしれないが（かくいう訳者自身も学生時代、文学史の勉強のために新潮文庫の翻訳で『テレーズ・デスケイルゥ』を読んだ程度である。今も遠藤周作訳で何冊か手に入るようだ）、カトリックの大作家として、かつては日本でもかなり読まれたはずである。

本書には、もちろんブレッソンとのエピソードや「バルタザールどこへ行く」の撮影の様子が全編にわたって綴られているが、祖父のモーリヤックや若き日のゴダールも、きわめて印象深い形で登場してくる。その意味で、アンヌを取り巻く〈ビッグ・ネーム〉の描かれ方に関心をそそられることは確かだ。とくに小説の終盤になって描かれるゴダールとブレッソンとの会談のシーンは、決して熱心なシネフィルとは言えない訳者にとっても興味深く、訳していて一番楽しかったところだ。このエピソードと、映画の衣装を買いにアンヌとブレッソンがパリのデパート、サマリテーヌに行くシーンは、本書の中でもおそらくもっとも愉快で痛快な場面ではなかろうか。

しかし、と同時に、本書はあくまで「小説」だということも、強調しておかなければならない。ここに書かれていることのすべてがその通りだったという保証はない。たとえばいま挙げたゴダールのエピソードも、ゴダールがひどく滑稽に描かれるなど、かなり辛辣になっている点、もしかしたら若干の脚色が含まれているのかもしれない。

あくまでひとつの小説としてこの物語を読むならば、その柱をなす中心的なテーマは、少女の成長ということに尽きるだろう。子どもと大人の境にいるひとりの少女が、老齢と言ってもよい巨匠に愛され、映画に出演するという特権的な体験をつうじて、ひと夏のうちに劇的な変化を遂げる。それが、この物語の骨格である。

尊敬する映画監督からあからさまな身体的接触を迫られて戸惑ったり、淡い恋心を抱いた青年に裏切られて傷ついたりしながら、映画作りという仕事の喜びを知り、はるか目の前に広がる自分の人生へと思いをはせる。いわば主人公アンヌにとって決定的となった体験が、赤裸々に、しかも瑞々しく描き出されているのである。母との葛藤や、年上の友人フロランス・ドゥレからひそかに「独り立ち」するシーンもまた、本作の読みどころとなっているだろう。当然のことながら、それらもまた「実話」であるかどうかはわからないわけだが、ある種の象徴的で普遍的なレベルにおいて、そうした逸話がきわめて効果的に取り込まれていることは確かである。フランス語の原題は「Jeune fille」といい、そのまま日本語にすれば「若い娘」という意味だが、まさに「少女」から「大人の女性」になる、その変貌の時期に焦点が据えられていることが、タイトルからも読み取れる。

と、その内容だけで十分に面白いこの小説について、よけいな「解説」をしすぎたかもしれない。この本は、それ自体として、何の予備知識もなしに読める、とてもよく書かれた小説だということも、急いで付け加えておきたい。

とはいえ、こういう「実名小説」の場合、背景となる事情を知りたいという人もいるだろう。よけいついでに、作中に出てくるほかの有名人物のことも少し紹介しておこう。

まず、プロローグを除く小説の冒頭、アンヌをブレッソンに引き合わせる重要な人物として登場するフロランス・ドゥレ（一九四一－）は、「ジャンヌ・ダルク裁判」のヒロインを演じたあと、スペイン文学の研究者となり、現在はアカデミー・フランセーズ会員の作家である。邦訳作品としては、フェミナ賞を受賞した小説『リッチ&ライト』（千葉文夫訳、みすず書房、二〇〇二年）がある。父は、やはりアカデミー・フランセーズ会員だった精神科医ジャン・ドゥレ、フロランスの姉クロードも精神分析学者にして作家という学者一家だ。

さらに、「バルタザールどこへ行く」の出演者として作中でも詳しく触れられているピエール・クロソウスキー（一九〇五－二〇〇一）も忘れるわけにはいかない。特異な小説家・思想家・画家として、同時代の思想家、とくにブランショ、ドゥルーズ、フーコーらに大きな影響を与えた。『ニーチェと悪循環』（兼子正勝訳、ちくま学芸文庫、二〇〇四年）、『わが隣人サド』（豊崎光一訳、晶文社、一九六九年）といった哲学的著作のほか、『ロベルトは今夜』（若林真訳、河出文庫、二〇〇六年）、『バフォメット』（小島俊明訳、ペヨトル工房、一九八五年）などの小説がある。三歳年下の弟はバルチュスの名で知られる画家。

それからもう一つ、本書の中で、ブレッソンが、アンヌの伯父クロード・モーリヤックが自分のことを嫌っていて、だから自分の映画にアンヌが出演することを許さないのではないか、と絶望的になるシーンが出てくるが、この二人のつながりにも触れておこう。ブレッソンとクロード・モーリヤックはかつて二人とも「オブジェクティフ49」というシネ・クラブの設立メンバーだった。「オブジェクティフ49」というのは、〈ヌーヴェル・ヴァーグ〉を生み出したことで知られる雑誌「カイエ・デュ・シネマ」の前身とも言うべきグループで、会長にジャン・コクトーを擁し、中心的な設立者としてはアンドレ・バザンとアレクサンドル・アストリュックらがいる。フランソワ・トリュフォーやゴダールもメンバーで、一九四九年の夏、カンヌ映画祭に対抗してビアリッツで「呪われた映画祭」を開催したことは、映画史に詳しい人にはよく知られている（この映画祭のとき、ブレッソンの「ブーローニュの森の貴婦人たち」も上映された）。ところが、ブレッソンはのちに袂を分かち、一九五〇年にこのシネ・クラブを脱退する。「オブジェクティフ49」自体、同年に自然消滅し、一九五一年創刊の「カイエ・デュ・シネマ」に引き継がれる形になるのだが、ともあれ、ブレッソンとクロード・モーリヤックの二人は、そういう形で「すれ違って」いるわけだ。ブレッソンの心配の背景には、そういう人間関係の事情もあったのかもしれない。

なお、本書で初めてアンヌ・ヴィアゼムスキーという小説家を知ったという読者もいるだろう。

アンヌ・ヴィアゼムスキーは、一九四七年五月十四日、ベルリン生まれ。家族関係についてはすでに冒頭に書いたが、外交官だった父親の仕事の関係で、弟とともにローマ、モンテビデオ、カラカスなどを転々とする少女時代を過ごした（そのことは本作でもかすかに触れられている）。「バルタザール」以降の女優としての主な出演作品は、ゴダールの「中国女」（一九六七）、「ウイークエンド」（一九六七）、「ワン・プラス・ワン」（一九六九）、ジガ・ヴェルトフ集団による「ウラジミールとローザ」（一九七〇）、パゾリーニの「テオレマ」（一九六八）、フィリップ・ガレルの「秘密の子供」（一九八二）、アンドレ・テシネの「ランデヴー」（一九八四）など。また、アヴィニョン演劇祭で上演されたヴァレール・ノヴァリナ作・演出の「生のドラマ」（一九八六）、「時間に住むあなた」（一九八九）などの舞台にも出演している。

一九八八年、短編集 *Des filles bien élevées*（育ちのよい娘たち）で作家としてデビュー。これは、いくつかの家族の情景を娘たちの視点から描いた小説集である。その後、演劇の世界を描いた一九九三年の *Canine*（犬歯）で「高校生が選ぶゴンクール賞」を、父親のルーツを求めてロシアの郷里を訪ねる一九九八年の *Une poignée de gens*（一握りの人々）でアカデミー・フランセーズ小説大賞を受賞した。子ども時代の回想を実名で描いた自伝的作品である一九九六年の *Hymnes à l'amour*（RTLリール大賞受賞、邦訳『愛の讃歌』中井多津夫訳、日之出出版、一九九九年）と、精神科医の家の小さな女の子がとある患者とひそかな交流を結ぶ二〇〇四年の *Je m'appelle Elisabeth*（私の名はエリザベート）は、それぞれ映画化されている。*Hymnes à l'amour* 映画化の際には、自身でシナリオも執筆した（映画タイトルは「Toutes ces belles promesses（このすべての美しい約束）」）。また*Je m'appelle Elisabeth*は「ベティの小さな秘密」というタイトルで日本でも二〇〇八年に劇場公開された。

最新作は、二〇〇九年の*Mon enfant de Berlin*（ベルリンのわが子）。これは、戦時中、フランス赤十字の救急看護隊員だった母のことをやはり実名で描いた小説で、刊行時フランスで大きな注目を浴びた。

近年はTVドキュメンタリーも手がけており、ブレッソンの処女長編「罪の天使たち」（一九四三年）の制作背景をめぐる「Les Anges, 1943, histoire d'un film（天使たち、一九四三、ある映画の物語）」（二〇〇四）や、本書でも登場したプロデューサーのマグ・ボダールを扱った「Mag Bodard, un destin（マグ・ボダール、ある運命）」（二〇〇五）、さらにフランスの女優のダニエル・ダリユーについての「Danielle Darrieux, une vie de cinéma（ダニエル・ダリユー、映画の一生）」（二〇〇七）がある。

最後に、映画「バルタザールどこへ行く」とロベール・ブレッソンについても、簡単ながらもう少し補足的な情報を付け加えておこう。

「バルタザールどこへ行く」は、フランスでは一九六六年五月に公開された。日本での公開は一九七〇年五月である。ブレッソンにとって、長編七作目にあたる。

現在のところDVDで購入することが可能だが、このDVDにはかなり充実した冊子がついていて、映画研究・表象文化論が専門の堀潤之氏（関西大学文学部准教授）が詳細な解説を書いている。そこでも本書のことが（『若い娘』のタイトルで）再三引用されているが、ほかにも数多くの資料や証言が引かれていて、製作の経緯から詳細なあらすじ、主な出演者の紹介まで、実に懇切丁寧で、日本語で書かれたこの映画の解説として、現在のところこれ以上のものはないのではないかと思う。

映画の内容は、あらすじだけでも入り組んでいて、本格的に説明しようとすると結構骨が折れる。本書を読むだけでも大体のところは想像がつくだろうから、ここではごく簡単に、アンヌ演じるマリーと、ロバのバルタザールを主人公とする話で、このロバの過酷な生涯とマリーの悲運が、重ね合わされるように描かれた映画だ、とだけ要約しておこう。ロバもマリーも、人間の悪意や悪徳に翻弄されるがままに、悲しい運命をたどるのである。その「悪」を象徴するのが、作中で何度も触れられているように、ジェラールという不良グループのリーダーであり、クロソウスキー演じる吝嗇の穀物商である。マリーはジェラールの誘惑に屈し、進んでジェラールに身を任せるようになりながら、結局は不良グループたちに辱めを受けて姿を消す。一方、ロバのバルタザールは、何人もの所有者の手を経てこき使われながら、最後には密輸の荷物を運ばせようとして失敗したジェラールら不良グループに放り出されて、草原の中で羊の群れに囲まれて静かに命を落とす。

非常に象徴性の強い作りになっていて、このロバはキリストではないか、といった解釈もなされているようだが、ブレッソン自身は、そんなことは考えたことがないと否定し、「私は象徴を避けています。私の作品に象徴があるとすれば、それをもたらしたのは私ではありません」と、映画公開時の新聞インタビューで答えている（前述、堀潤之氏のＤＶＤブックレット解説から）。

ブレッソンの映画は独特のスタイルを持っている。必要なもの以外はすべて削ぎ落とした、といった作り方をする。人物たちの動きをただ淡々と、だが克明に映し出し、その一方で、物音などの背景音を過敏なまでに誇張する。そのため、いかにも「自然な」リアリズムに慣れた目には、むしろやや奇妙に映るかもしれない。その世界はそっけなく、ぶっきらぼうで唐突な印象を与える。だが、飾りを削ぎ落とした禁欲的なその映像には、また別種の、ある種の迫真性に満ちたリアリズムがある。そのリアリズムの例を端的に言えば、たとえばブレッソンの映画が執拗に映し出す「手」だ。

「バルタザールどこへ行く」でも、バルタザールの頭をなでるマリーの、思いのほか大きい骨ばった手にまず視線がひきつけられる。それから、マリーのうなじをなでるジェラールの爪が黒ずんだ手や、ジェラールが働くパン屋の夫婦の手、マリーの父親の手、穀物商の手、等々、ブレッソンが人物の顔をあえて画面から外し、手のクローズアップをとらえるとき、思わずはっと見つめてしまうほどに「リアル」な何かがそこに映し出される。ブレッソンの映画がきわめて強い象徴性を帯びていることは間違いないが、それでももしブレッソンが「象徴を避けている」としたら、それはこうした「手」が、象徴ではなくまさに「手」そのものでしかないような形でとらえられているということと無関係ではないだろう。そして、同じことは、手だけでなく、ブレッソンが映し出す「足」とか「体」、さらには「顔」そのものについても言えるのだ。本書の中で、ブレッソンがしばしば、演技をするなとか、一切の心理や意図を込めてはならないということを強調するところが出てくるが、これはまさにそのためである。ブレッソンは、自分の映画のことを独特の用語で「シネマトグラフ」と呼び、出演者を「俳優」ではなく「モデル」と呼んだが、出演者は演技をしてはならず、ただそこに「そのもの」として存在していなければならないのである。それが彼独自の映画作法だった。

ブレッソンは、一九九九年十二月十八日、九十八歳でパリで亡くなっている。一九八三年の「ラルジャン」が遺作となったが、これはブレッソン芸術が到達した最高峰との評価が高い。二〇〇〇年二月に出た「カイエ・デュ・シネマ」のブレッソン追悼号で、ヴィアゼムスキーは、彼についてこう語っている。「彼は本当に謎めいた人物です。私たちはその外見しか知らないのです。その上品さ、端麗な容姿、洗練された礼儀のよさ、悪ふざけが好きで面白い性格といった外見の、その向こうに隠れているブレッソンという人物は、結局のところ一体誰なのか。わかりません。ブレッソンは、他のどの映画作家にもまして、小説的な人物なのです」。このとき、アンヌはすでにブレッソンを小説に書く、ということを考えていたのだろうか。本書を読んで、厳粛なブレッソン映画の世界とブレッソンのアンヌへの接し方との落差に驚く人もいるかもしれない。だが、これは、おそらくアンヌにとって、とらえがたい「小説的人物」ブレッソンへの、最大級の「追悼の辞」なのにちがいない。

最後になったが、本書の翻訳にあたっては、白水社の鈴木美登里さんにたいへんお世話になった。この本に興味ありませんかと声をかけていただいたのは、もう二年以上前のことだろうか。訳文を詳細にチェックしていただき、そのアドバイスにずいぶん助けてもらった。この場を借りて感謝の意を表したい。

二〇一〇年九月

國分 俊宏

訳者略歴
國分俊宏（こくぶ・としひろ）
一九六七年生まれ
早稲田大学第一文学部フランス文学専修卒
パリ第三大学文学博士
青山学院大学国際政治経済学部准教授
専門はフランス現代文学
主要訳書
レーモン・ルーセル『額の星　無数の太陽』（共訳、人文書院）
フランソワ・ボン『ローリング・ストーンズ　ある伝記』（共訳、現代思潮新社）
ロベール・マッジョーリ『哲学者たちの動物園』（白水社）

# 少女

二〇一〇年一〇月一〇日　印刷
二〇一〇年一〇月三〇日　発行

著　者　アンヌ・ヴィアゼムスキー
訳　者©　國　分　俊　宏
発行者　及　川　直　志
印刷所　株式会社　三　陽　社
発行所　株式会社　白　水　社

東京都千代田区神田小川町三の二四
電話　営業部〇三（三二九一）七八一一
　　　編集部〇三（三二九一）七八二一
振替　〇〇一九〇・五・三三二二八
郵便番号　一〇一・〇〇五二
http://www.hakusuisha.co.jp
乱丁・落丁本は、送料小社負担にてお取り替えいたします。

松岳社　株式会社　青木製本所

ISBN978-4-560-08096-2

Printed in Japan

## 文盲　アゴタ・クリストフ自伝

A・クリストフ
堀 茂樹訳

世界的ベストセラー『悪童日記』三部作の著者が初めて語る半生。祖国ハンガリーを逃れ難民となり、母語ではない「敵語」で書くことを強いられた、亡命作家の苦悩と葛藤を描く。

## 《エクス・リブリス》

## 悲しみを聴く石

A・ラヒーミー
関口涼子訳

戦場から植物状態となって戻った男。コーランの祈りを唱えながら看病を続ける妻。やがて女は、快復の兆しを見せない夫に向かって、誰にも告げたことのない罪深い秘密を語り始める……。

## ハドリアヌス帝の回想

M・ユルスナール
多田智満子訳

旅とギリシア、芸術と美少年を偏愛したローマ五賢帝の一人ハドリアヌス。命の終焉でその稀有な生涯が内側から生きて語られる、「ひとつの夢による肖像」。著者円熟期の最高傑作。（新装版）

## 黒の過程

M・ユルスナール
岩崎 力訳

十六世紀フランドル、ルネサンスの陰で宗教改革と弾圧の嵐が吹き荒れる時代。あらゆる知を追究した錬金術師ゼノンと彼をめぐる人々が織りなす、精緻きわまりない一大歴史物語。（新装版）

## さりながら

P・フォレスト
澤田 直訳

パリ、京都、東京、神戸。これら四都市をめぐり、三人の日本人——小林一茶、夏目漱石、写真家 山端庸介の人生に寄り添いつつ、喪失・記憶・創作について真摯に綴った〈私〉小説。